Alice
E OUTRAS MULHERES

Teolinda Gersão

Alice
E OUTRAS MULHERES

oficina
raquel

© Oficina Raquel, 2020

Editores
Raquel Menezes
Jorge Marques

Organização
Nilma Lacerda

Revisão
Oficina Raquel

Assistente editorial
Yasmim Cardoso

Capa, projeto gráfico e tratamento de imagens
Leandro Collares – Selênia Serviços

Ilustração da capa e fragmentos ao longo do texto
Imagem de S. Hermann & F. Richter por Pixabay.

Este livro não obedece o Novo Acordo Ortográfico por escolha da autora.

DADOS INTERNACIONAIS DE
CATALOGAÇÃO NA PUBLICAÇÃO (CIP)

G381a	Gersão, Teolinda, 1940- Alice e outras mulheres / Teolinda Gersão. – Rio de Janeiro : Oficina Raquel, 2020. 174 p. ; 21 cm. ISBN 978-65-86280-16-6 1. Contos portugueses I. Título. CDD P869.3 CDU 821.134.3-34

Bibliotecária: Ana Paula Oliveira Jacques / CRB-7 6963

O
oficina
raquel
www.oficinaraquel.com.br
@oficinaeditora
oficina@oficinaraquel.com

Sumário

Alice e o wicked problem, 7
Nilma Lacerda

Velhas maneiras

As laranjas, 13

Uma orelha, 17

Bilhete de avião para o Brasil, 30

A mulher que prendeu a chuva, 41

Se por acaso ouvires esta mensagem, 47

O meu semelhante, 51

A mulher cabra e a mulher peixe, 58

Maneiras de hoje

A dedicatória, 69

Quatro crianças, dois cães e pássaros, 76

Big Brother Isn't Watching You, 81

Pranto e riso da noiva assassina, 91

Formas em trânsito

O mensageiro, 99

A velha, 110

Um casaco de raposa vermelha, 119

Vizinhas, 124

História mal contada, 130

A terceira mão, 137

Alice in Thunderland, 148

Alice e o wicked problem

Nilma Lacerda

O contemporâneo é terra dadivosa, em que as fronteiras se mostram elásticas, e há disponibilidade dos territórios para conversarem entre si. Retalhos de utopia acenam, generosos, às melhores aspirações humanas. Essas circunstâncias me encorajam a trazer aqui um conceito formulado pelo Design e que encontrará, na complexidade formulada por Edgar Morin, uma das melhores possibilidades de refletir sobre o eixo desta coletânea de Teolinda Gersão: o feminino.

Os *wicked problems* – ou seja, problemas complexos – são questões carregadas de elementos contraditórios, desafiantes às maneiras habituais de pensar. Ao demandar ou admitir várias possibilidades de solução, ou mesmo nenhuma solução, pedem olhar diferenciado, atento a fragilidades e potências. Um problema complexo pode ter, a qualquer momento, redimensionada a resolução obtida, sendo geradas respostas diversas das anteriores. O livro, um objeto perfeitamente inserido no cotidiano, é bom exemplo de um *wicked problem*, como se pode verificar em trabalhos de pesquisadoras brasileiras, cujos estudos se fazem na intersecção do design com a literatura.

Menos mal que seja o livro, a contar com muita simpatia na cultura humana. Há outros que não gozam da mesma regalia. O feminino, por exemplo. Mas avancemos um pouco mais no campo em que nos encontramos. *As aventuras de Alice no país das maravilhas* – talvez uma das obras mais editadas no mundo, em diferentes formatos, abrigando distintas concepções e sempre contemporâneas – demonstra bem a falta de uma solução final em termos editoriais para o texto de Lewis Carroll. O mesmo com o clássico *Chapeuzinho Vermelho*, revisitado, parodiado, e apresentando em edições mais recentes surpreendentes reviravoltas quanto às concepções e aos papéis dos personagens.

Tomemos então o feminino como problema complexo. Potência de vida nas sociedades originárias, o feminino passa, nas culturas que se seguem, patriarcais e belicosas, à condição de inferioridade e tutela. As mulheres perdem o direito à representação de si; passam a ser faladas pelo masculino, que fala de si mesmo, mas principalmente fala *o feminino*. Sem tomá-lo exatamente como oposto, na medida em que não logra compreendê-lo, traça-o como enigma, a ser controlado mais que desvendado. A submissão, deliberadamente confundida com a proteção devida à cria, é exigida da mulher, por aquilo que se convencionou ser uma precariedade biológica. Por meio de representações habilmente incutidas no humano, obtidas à custa de apagamentos e usurpações, o feminino enfrenta a inexistência histórica e social.

Uma cultura imposta à Humanidade há milhares de anos, e que sobrevive como ramo vigoroso e sutil na mentalidade contemporânea. Como sacudir essa árvore, abalar seus ramos, se não pela tática errática e certeira da narrativa? O feminino vale-se de lentes antigas para se ver, rever e projetar-se adiante.

Teolinda Gersão põe em circulação vozes liberadas ou silenciadas para voltar ao instituído e vislumbrar outras construções. Ouvem-se, então, vozes femininas e masculinas, individuais ou coletivas, antigas ou atuais, profusas ou reticentes, submissas ou insurgentes. À frente de todas, Alice, por que não? Uma Alice, escrita e ilustrada por tantos que não ela, resolve, por fim, registrar a sua versão da história: *"Vou repor a verdade e contar eu mesma a história, tal como agora a contei, em pensamento"*. Que poder terá, na desconstrução e reconstrução do feminino, essa narrativa, quando enfim se publicar? Que poder teve na História a narrativa de uma menina virgem sobre a revelação do anjo que a arrebatou e falou do filho do Altíssimo a crescer em seu ventre? Quais as consequências de uma história mal contada, na qual só a voz feminina é ouvida? Como recuperar, na velhice, a força das decisões sobre a própria vida? Como dar-se ao gozo, em meio à circunscrição das divisões sociais? Como recuperar a mulher selvagem, vigorosa, em fidelidade à natureza original do feminino, sabida por mitos e histórias ancestrais?

Essas vias deverão passar pela desconstrução de estereótipos e paradigmas, pela troca do proverbial sacrifício feminino, pilar da construção secular dessas representações, pelo gozo, pela metamorfose, a vingança. Em situações inusitadas ou corriqueiras, a escritora convoca conceitos estabelecidos, de manifestação explícita ou dissimulada, para evidenciar a arquitetura mental de desprezo e subestimação à identidade feminina. Na estrutura específica do conto, o clarão ilumina a cena, flagra silêncios, ardis, estigmas.

No feminino, dorme o mal. A bruxa sabe as palavras e os feitiços, os que curam e os que matam. O que descobre o viajante, após ouvir a história furtiva na suíte de alto luxo, em um hotel de Lisboa? A previsibilidade de que a sentença de culpa cairia, inevitável, sobre a mais inofensiva, a mais desgraçada, a mais inútil e abandonada das criaturas daquela comunidade assolada pela seca? Não carecia da encenação do feiticeiro para saber que aquela cujo marido a deixara, cujo filho a ela morrera, deveria ser a sacrificada para que a água voltasse a fecundar a vida. Mas, ouvida a história, o viajante sabe que, em Lisboa, *"estava um pedaço de África, intacto, como um pedaço de floresta virgem. Durante sete minutos, exactamente durante sete minutos, fiquei perdido dentro da floresta".* Floresta na qual o desconhecido (femininas feras?) pode agarrá-lo, aprisioná-lo na rede de suas histórias, ou presas recém-descobertas.

Perdido na floresta insuspeita, perdidos leitores, perdidas leitoras, na fragilidade e potência do feminino, tão próximo e tão estrangeiro, em entrega a reconfigurações oportunas, algumas já definidas, outras ainda em trânsito, mesmo se formuladas há muito tempo. Não foi impotente o feminino, todo esse tempo. Nem sempre se perdeu em florestas, e ao mergulhar em túneis amealhava experiências a fundar táticas vindouras. Assim, o feminino andou em busca de caminhos, tal como os objetos complexos que há século e meio narram Alice. Apontar formas pelas quais o feminino tem sido falado pode ser o melhor trajeto para alcançar uma partilha generosa, em que feminino, masculino e outras realidades falem de si próprios com autonomia e desejo.

Sem formular respostas, a autora evidencia "Formas em trânsito", arranjos possíveis para a circulação de novas falas, postas em tensão com as maneiras formatadas nas reconhecíveis "Velhas maneiras", prolongadas em inevitáveis "Maneiras de hoje", a ostentar no cadeado dourado o mesmo brilho falso. Em ariscas narrativas, Teolinda Gersão põe em cena a mulher como sujeito. Da magistral obra *Os Anjos* ao romance publicado pela Oficina Raquel, *A Cidade de Ulisses*, esta autora corajosa e sensível perpassa personagens e História, linguagem e estruturas, para dar a ler as singularidades que puder abarcar.

Alice e outras mulheres, mas não só. Tantas mulheres, outras mulheres, tu, eu, nós a falar o que somos e fazemos. Aquilo que afagamos com as mãos, mordemos com todos os dentes.

Velhas maneiras

As laranjas

Muitas mulheres se apaixonaram pelo pai, mas ele não quis saber delas. Apaixonou-se pela mãe, casou com ela e as outras mulheres deixaram de existir.

Que o casamento não tivesse dado certo – mas isso só se tornou visível mais tarde – foi uma ironia da vida. Mas já se sabe que a vida está cheia de ironias e se diverte a pregar partidas, à traição, não pode a gente fiar-se nela.

Na galeria das apaixonadas havia uma de quem às vezes se falava. Melhor dizendo, de quem a mãe falava, para dar às filhas um exemplo a não seguir. De acordo com a história, essa namorada era oferecida e descarada: o pai queria beijá-la e outras coisas e ela deixava, se quisesse levá-la para a cama e engravidá-la, ela teria ido sem mais aquelas.

Tamanhas facilidades assustaram o pai, que rapidamente se pôs ao fresco. Se ela era assim com ele, seria assim com todos, e quem lhe garantia que não lhos ia pôr na primeira ocasião, logo ali ao virar da esquina?

Mas com ele não, ora essa. Mulher séria era outra coisa.

Esses mesmos ensinamentos tinha certamente a avó transmitido à mãe, que se fingia desinteressada e esquiva, para sossego do pai, que a levou ao altar virgem como nascera. O pior (mas isso só se viu depois) é que, com tanto se fingir desinteressada, o desinteresse da mãe acabou por se tornar real. Apesar de os filhos (aliás as filhas) irem nascendo e crescendo, e a certa altura serem seis pessoas em volta da mesa de jantar.

Havia ainda outro pormenor, na história da namorada: era filha do patrão que o pai tinha na época, e teria sido para ele o que se chama um óptimo partido. O fim do namoro teve como consequência o pai ser despedido e forçado a procurar emprego, com grande dificuldade, noutro lado.

Mas esse foi um mal menor. Empregos sempre ia havendo, mulheres sérias é que eram raras. Por isso, aparentemente, o pai dava tanto valor à mãe, e a mãe dava tanto valor a si mesma.

Claro que, mais tarde, esta história acabou por surpreender e revoltar as filhas (os tempos tinham mudado, e os costumes). E (achavam elas), estava, com certeza, mal contada. Mas isso só perceberam depois, quando deixaram de ouvir a mãe e começaram a ter opiniões, por conta própria.

Durante muito tempo a história da namorada manteve-se como a mãe contava.

Ainda se mantinha nessa forma quando uma vez, inesperadamente, a namorada irrompeu no quotidiano: esbarrou na rua com o pai, que voltava das compras com a mãe, e se preparava para entrar em casa.

Foi ela a primeira a rir. Fez muita festa, apresentou o marido, que era um homem alto, bem vestido e bonito. Parecia tão contente por vê-los que a mãe se sentiu superior e segura e acabou por convidá-los a entrar. Nessa tarde foram oito pessoas em volta da mesa, tomando vinho do Porto e café e acabando com a provisão de bolos da despensa.

Havia de repente uma efervescência no ar, uma corrente eléctrica passava: mistura de alegria e de surpresa, ou prazer apenas, sem mistura. A namorada ria, o pai ria, o marido ria.

A mãe no entanto apenas␣sorria, e arrependia-se de os ter deixado entrar. Parecia agora apagada e pequena, num dos lados da mesa, enquanto a namorada enchia a sala com a sua presença e o seu perfume, a sua roupa cara (em que só agora reparava), as suas pulseiras brilhantes, os seus brincos e colares, o seu casaco de peles (que ficara pendurado na entrada), as suas histórias de viverem em Lisboa (portanto longe, tranquilizou-se a mãe), de terem uma quinta ali perto, aonde iam pouco, mas de onde voltavam precisamente agora.

Onde tinham plantado laranjais, disse o marido.

Faziam questão que provassem as laranjas, disse a namorada. Ia mandar-lhes um cabaz, nesse mesmo dia. Celebrando aquele encontro inesperado.

Depois de tantos anos, disse o pai.

O ar continuava eléctrico, a cada momento as filhas esperavam que alguma coisa explodisse.

São lindas, as vossas filhas, disse a namorada.

Eles tinham um rapaz, disse o marido.

Mas não pareciam lamentar terem só um, pensaram as filhas. Guardavam tempo para si mesmos, para Lisboa, as quintas, as viagens de que falavam agora, enquanto a mãe parecia cada vez mais magra e pálida, do outro lado da mesa.

O ar continuou eléctrico ainda depois de a namorada se ir embora, levando as suas jóias e o seu casaco de peles, o seu marido e o seu riso, a sua exuberância e o seu perfume. E a temperatura emocional tornou a subir quando duas hora mais tarde alguém veio entregar o cabaz de laranjas. Como se a namorada tivesse voltado a encher a sala.

De novo as filhas pensaram que alguma coisa ia acontecer. Mas nada aconteceu.

Apenas dessa única vez a namorada irrompeu por um instante no quotidiano com a sua presença fulgurante – e desapareceu. Não teve nenhuma relação com a separação dos pais, anos depois. Entrou e saiu da vida deles como um relâmpago, e foi tudo.

Nada aconteceu depois disso, para além de comerem as laranjas.

Uma orelha

Não, não desligue. Por favor. Quero dizer: sei que você não vai desligar, pelo menos assim, sem mais nem menos, de repente. Desculpe. Não sei o que me passou pela cabeça, porque você nem falou em desligar. É que às vezes assusto-me, porque já tem acontecido eu estar embalada na conversa e de repente dizerem-me que estou a ocupar a linha há mais de uma hora e há outras pessoas à espera.

Não sei se você me disse isto, de outras vezes. Claro que não é sempre a mesma pessoa que atende, nem podia ser, dia e noite, sempre a mesma. Eu sei. Até porque as vozes mudam, são de homem ou mulher, mais jovens ou menos jovens. Tenho falado com muitos de vocês, provavelmente com todos. Já não devem suportar ouvir-me.

Nunca falei consigo? De verdade? Então é porque você entrou há pouco. Pois a sua voz não me estava a parecer familiar, mas às vezes é difícil distinguir. Embora algumas pessoas até me digam um nome, para podermos identificar-nos de algum modo, Carlos, João, Maria. Mas tanto faz, sei que são nomes inventados, este serviço é suposto ser anónimo. Pelo menos para vocês. Mas eu, pelo contrário, posso dizer-lhe o meu nome, o verdadeiro. Ninguém me impede. O meu nome é Isaura.

Ainda bem que nunca falei consigo, sinto-me menos culpada se você nunca me ouviu, assim tenho a sensação de abusar menos da paciência dos outros. Deve ser terrível ouvir, vezes sem conta, as mesmas pessoas, repetindo as mesmas coisas.

Mas eu não posso calar-me, tenho de falar, entende? O telefone é quase uma presença, embora eu preferisse falar com uma pessoa, cara a cara. Não estar assim sozinha em casa, pela noite adiante, a falar para um buraco, preso a um fio, que, muito longe, está ligado a alguém. A uma orelha – que, provavelmente, a certa altura fica meio adormecida e cansada.

Imagino que você, tal como eu, muda de vez em quando o auscultador de uma orelha para a outra. Falar ao telefone é muito fatigante. Para mim também, acredite, embora eu entre em pânico só de pensar que provavelmente já falei demais e vamos ter de desligar. Por favor não faça isso comigo. Por favor. Ao menos hoje, atendendo a que nunca me ouviu. Posso propor-lhe uma coisa? Desta vez não tenho limite de tempo. Só desta vez. Quando tornarmos a falar, você recorda-me da conversa de hoje e interrompe quando quiser. Pode ser? Nem imagina quanto lhe agradeço.

Sabe, é que às vezes distraio-me, não tenho bem a noção do tempo, e é terrível ter de parar, quando me apetecia tanto falar mais. A gente só tem uma vida, e portanto só tem uma história. Quando se precisa de contá-la, é porque ela tem um erro, em qualquer parte. Se estivesse certa, a gente só a vivia, e nem dela falava. Quando a gente a conta, é porque está errada. Quanto mais errada, mais falamos dela. O que é absurdo, claro, porque não se pode emendá-la.

Quando uma conta dá errada, a gente torna a fazê-la até achar o erro. E então dá certo. Mas na vida não se pode repetir, nem voltar atrás.

Embora eu talvez esteja a procurar onde errei, ao falar consigo. Mas não sei se o erro foi meu. Talvez nem tenha sido, o que não deixa de ser curioso.

Penso muito em contas, porque eu dava lições de Matemática. Deve ser deformação profissional. Embora já há muitos anos não esteja ao serviço, deixei de trabalhar porque fiquei doente. A princípio não dei por isso, não sabia que estava doente. Depois foi tudo piorando.

Não sei se fui eu que adoeci, se foram as coisas em volta que me puseram doente. Na verdade penso que foram as coisas e as pessoas em volta. É por isso que tudo se tornou tão complicado na minha cabeça.

Julgo que poderia ter evitado o pior, se tivesse tido força de me afastar. Ou de afastar os outros, e ficar sozinha. Mas a gente tem sempre muito medo de ficar sozinha, não é verdade? Provavelmente este é o pior dos medos, embora esteja longe de ser a pior das coisas. Há situações muito piores do que ficar sozinho. Mas isso na altura eu não sabia. Ou não acreditava.

Tinha trinta e seis anos, dava aulas num liceu e explicações em casa. Foi quando me apareceu um explicando quinze anos mais novo do que eu. O Joaquim. A princípio não liguei, tratei-o como aos outros, matéria em dia, exercícios feitos, dúvidas tiradas, outros exercícios para fazer em casa.

No início nem sequer tive curiosidade em saber por que razão ele se atrasara tanto. Mas logo descobri que era inteligente e fiquei a saber a sua história: tinha andado a trabalhar vários anos até juntar dinheiro para tirar um curso. Ou era pelo menos essa a ideia, embora ele trabalhasse e estudasse alternadamente, por etapas.

Simpatizei com ele e ajudei-o o mais que pude. Ultrapassava o tempo da lição, emprestava-lhe livros. De começo livros de Matemática, depois outros, contos, poemas, ele interessava-se por tudo. Ou parecia interessar-se. Vinha de um meio muito pobre, mas queria subir na vida, o que me parecia uma ambição legítima. Eu podia ajudá-lo – eu tinha sido privilegiada, não sabia o que era estudar e trabalhar. Em confronto com a dele, a minha vida era confortável. Tinha um ordenado fixo, um carro novo, era dona do andar em que vivia e herdara além disso alguns bens.

Não dei conta de que, disfarçada com a boa acção de ajudá-lo, eu alimentava uma paixão pelo rapaz.

Emocionalmente, estava sozinha. Tinha perdido os pais nos últimos três anos e o namoro com um colega terminara no último ano da Faculdade. Estava portanto disponível, e as coisas aconteceram naturalmente, envolvemo-nos numa relação que parecia satisfazer a ambos.

Casámos e fui feliz, durante algum tempo. Sim, posso dizer isso. Não me importava a diferença de idade, nem a diferença do meio social, embora não me agradasse a família dele, nem me sentisse integrada no grupo dos seus amigos. Nem ele se integrasse no grupo dos meus. No entanto vivíamos bem um com o outro e profissionalmente ele singrou depressa. Ajudei-o enquanto pude, depois ele enveredou pela Informática e conseguiu um emprego bem remunerado. Nessa noite festejámos no melhor restaurante da cidade. Tínhamos conseguido a primeira etapa do que queríamos, agora o tempo iria fazendo o resto, limando as diferenças entre nós.

Pelo menos era o que eu pensava. Mas pouco depois soube a verdade: ele tinha uma relação com outra mulher, da idade dele. Provavelmente, já a namorava quando me conheceu. Eu tinha sido um degrau no caminho, um meio de subir mais depressa. Mas era da outra que ele gostava.

Como é que eu soube? Encontrei cartas, fotografias. Mas estou como você, custava-me a acreditar na evidência. Pus um detective atrás dele, gastei uma fortuna, e o resultado foi concludente: coincidia com o que eu pensava. Era como se ele se hospedasse em minha casa e namorasse outra, uma espécie de vida de estudante, que dorme com a dona da casa mas lá fora tem outra vida, a verdadeira. E, no fim do curso, vai-se embora.

Fiquei destroçada e tentei suicidar-me. No fundo não queria morrer, queria chamar a atenção dele. Foi o que disse o psiquiatra, e acho que aí tinha razão. Mas essa história do psiquiatra também teve que se lhe diga. Se não me perder, já lhe vou contar.

É verdade que eu queria o amor do Joaquim, queria que a história com a outra não fosse real. Mas era realidade, embora ele jurasse que não, que era eu que imaginava coisas. Até perante as provas do detective – fotografias, gravações de conversas – ele ficou imperturbável. Era eu que punha mal numa coisa que não tinha mal nenhum, a outra era apenas amiga, parente afastada, e aliás, segundo ele, até namorava outro.

Mas eram tudo mentiras, a ver se me enganava. Eu tinha quarenta e dois anos, nessa altura, ele vinte e sete. A minha vida tinha acabado, a dele apenas começava.

Ganhei medo de sair à rua, de ir para o liceu. Tinha a sensação de que toda a gente sabia a minha história e se ria de mim. Apetecia-me hibernar, desaparecer.

Cada dia me apavorava mais, ao olhar o espelho. Envelheci, decaí de repente. Tinha cabelos brancos e dentes estragados, as unhas partiam-se quando tocava em qualquer coisa, a louça caía-me das mãos. As pontas dos dedos tremiam, às vezes mal as sentia. Depois as mãos e os joelhos começaram a deformar-se, com artroses. Mas não foi por isso que quase deixei de andar. De repente, não sei por que, fiquei com os movimentos tolhidos. Sobretudo nas pernas. Andar era um esforço imenso. Quase tudo, aliás, mesmo vestir-me ou pentear-me, exigia-me um esforço sobrehumano, os movimentos ficaram presos, como nos pesadelos. De noite tinha pesadelos e insónias.

Foi aí que ele insistiu que eu fosse ao psiquiatra. Disse-lhe que não, porque para a minha doença bem sabia eu onde estava a cura. A minha doença era o desgosto. Mas ele insistia e insistia.

Eu dizia sempre que não. Até que a certa altura considerei a hipótese. E se fosse uma coisa psicológica, os movimentos presos, as tremuras, os pesadelos, a insónia? Se pudesse curar-me, melhorar ao menos?

Mas tudo me parecia tão difícil. Para começar, como escolher um psiquiatra? Pelo nome, na lista dos telefones? Se alguém se chama José, é preferível a chamar-se António? Se o apelido for estrangeiro, por exemplo Scott ou Schneider, é melhor do que chamar-se Santos ou Silva?

A lista dos telefones, classificada ou não, não me inspirava nenhuma confiança. Na altura, como vê, eu ainda raciocinava, embora já não ensinasse Matemática. Mas ficou-me o costume de pensar. De preferência, pondo alguma ordem nas ideias. Assim por exemplo, eu achava que aquela barreira de secretismo e silêncio, por detrás da qual os psis se protegiam, não agoirava, para mim, nada de bom. Não me bastava um nome, nem um letreiro numa porta. Queria jogo aberto, informação: que escola, método ou modelo era o deste psiquiatra ou daquele, que caminho ia seguir, para curar-me. Como podia eu colaborar. Qual era a minha doença, que livros podia ler sobre ela.

Não me resignava, portanto, a um papel passivo, nas mãos de outra pessoa que jogasse com a minha desinformação a seu favor. Vamos por partes, dir-lhe-ia: a interessada sou eu, quem paga sou eu. Portanto quero saber o seu método, para ver se me agrada ou não. E vamos também a ver: qual é a sua formação, que curso tirou e aonde? Que livros e artigos publicou? Claro, para eu ler primeiro e poder ter uma opinião sobre si, o que há de errado nisso?

Você também acha estranho este meu modo de pensar? O problema é justamente esse: toda a gente acha estranho o meu modo de pensar. Aparentemente, todos estão certos, menos eu.

O Joaquim também achava isso: que eu tinha um modo muito estranho de pensar. Inventava outra mulher na vida dele, quando ele só tinha olhos para mim. Mas estava cada vez menos em casa, e eram cada vez mais as pretensas reuniões de trabalho à noite, sem hora de chegar.

Por que não me separei dele, não o pus fora de casa, não o mandei viver com a outra? É uma boa pergunta, mas já lhe disse a resposta: porque gostava dele, apesar de tudo. Por medo de ficar sozinha. E porque as pessoas não são lógicas, nem racionais. Eu era tudo menos isso, apesar da Matemática.

No fundo de mim, deixava-me embalar pelas palavras dele. Às vezes, quase acreditava que ele me tinha amor, que era eu que inventava a outra. Era-me fácil acreditar nisso. Não saía de casa, nem falava com ninguém. Nunca vi a outra, em carne e osso. Ela tinha, no fundo, a consistência de um fantasma.

Até que achei outra carta, numa gaveta dele, e fiz nova tentativa de suicídio. Desta vez tomei mais comprimidos, e foi mais grave. Acordei no hospital, com enfermeiros e médicos à volta, e o Joaquim a afagar-me o rosto.

Havia um médico que aparecia mais que os outros, a conversar comigo. Por que razão fizera aquilo, como me tinha sentido nessa altura, como me sentia agora?

Eu estava pouco interessada em ouvi-lo, ainda menos em responder-lhe. Mas o Joaquim parecia confiar nele. Várias vezes os vi conversar à porta do quarto, meio de costas para mim, baixando a voz.

Quando tive alta e voltei para casa, o Joaquim anunciou-me que fazia questão de me ver curada. Aquele médico era psiquiatra e passaria a vir ver-me, todas as semanas.

Não reagi, era-me indiferente. Nenhum médico podia mudar a minha vida, nem trazer-me o Joaquim de volta.

Mas foi assim que o médico passou a vir. Chamava-se Mário Si – Mário S., está bem, sossegue que não lhe vou dizer o nome, uma vez que vocês fazem questão do anonimato.

Não gostava dele, mas era uma companhia. Sabia que viria, à sexta-feira, e, aparentemente, se interessaria por mim, ou pelo menos pelo que eu contasse. E eu precisava de atenção. De algum modo, pensei, restabelecia-se um frágil equilíbrio: o Joaquim ia ter com outra mulher, mas outro homem vinha ter comigo. Que tivesse sido o Joaquim a enviar-mo, era uma certa ironia do destino.

Mas é claro que nunca perdi a noção de como a situação de cada um de nós era diferente: ao contrário do Joaquim, eu não tinha um encontro de amor à minha espera. Nenhum homem poderia amar-me – foi o que me ficou, da relação com ele. Eu seria sempre deitada fora (o cabelo branco, os dentes estragados, as unhas quebradiças, a quase incapacidade de andar). Nunca mais me iria apaixonar, e seria impossível que algum homem se apaixonasse por mim alguma vez.

De resto, em relação ao médico, nunca esteve em questão uma relação desse tipo. Mas com o tempo é verdade que lhe ganhei amizade e confiei naquele homem que vinha à sexta-feira, e às vezes me pegava nas mãos, como se tentasse trazer-me para fora da minha prisão, ou do meu exílio, e depois me receitava antidepressivos e calmantes.

Agradecia-lhe o seu esforço, mesmo que fosse inútil, porque nunca melhorei. Foi por isso que um dia lhe dei uma jóia de família, e ao fim de um ano lhe tinha dado todas. Embora soubesse, naturalmente, que o Joaquim lhe pagava as consultas. Mas sentia-me grata pelo seu interesse, e pela companhia.

O Joaquim enfureceu-se comigo, quando soube das jóias, e gritou um chorrilho de impropérios contra o médico, que nunca mais voltei a ver.

Desde então é outro médico, amigo do Joaquim, que passa as receitas sem me visitar, e o Joaquim que me traz a medicação da farmácia. Jantamos sempre os dois e ficamos depois a conversar, enquanto ele bebe uísque, licor ou conhaque. Tem na sala uma provisão de garrafas e, quando começa a beber, pergunta-me sempre se não quero acompanhá-lo.

É assim há muito tempo, o jantar a dois, as bebidas com o café e ao serão. Eu tinha falado nisso com o psiquiatra: não acha estranho que ele me convide todas as noites a beber, quando sabe que não posso tomar álcool, com estes comprimidos?

Mera cortesia, respondeu-me. Em que está a pensar?

Penso que ele faz de propósito, disse-lhe. Mas o médico apenas sorriu.

Demorei muitos meses até lhe dizer o que realmente pensava, o que me fazia entrar em desespero e me voltava obsessivamente à ideia:

É uma coisa montada, disse-lhe. Desde o princípio. Agora vejo tudo muito claro. Eu podia nunca saber que a outra existia. Mas ele sempre quis que eu soubesse. Por isso deixou à mão as cartas e as fotografias. Para me destruir e enlouquecer. E quase conseguiu. Se eu me suicidar, é ele o herdeiro. Viverá feliz com a outra nesta casa, com tudo o que era meu.

Querida Isaura, disse o médico serenamente, com bonomia. Nem o seu marido nem o mundo montaram um complot contra si.

O Joaquim está do seu lado, tanto como eu. É a pedido dele que eu aqui estou, não se esqueça disso.

Não respondi, porque me parecia sensato o que ele dizia.

Só depois, quando ouvi os insultos que o Joaquim proferiu, por causa das jóias, uma imagem me veio de repente à cabeça: o Joaquim e ele falando baixo, de costas para mim, à porta do quarto do hospital; o médico era-me enviado pelo Joaquim. O médico podia fazer parte do complot.

Sim, reflecti, podiam aliar-se todos para me enlouquecer. Eu seria dada como irresponsável, e o Joaquim teria acesso a todos os meus bens. Ou, melhor ainda, eu suicidava-me e deixava-lhe o caminho inteiramente livre para ser feliz com a outra. Senti-me tremer e transpirar, pensando nisso. Tinha sido tudo encenado para me levar ao desespero.

Agora que o Joaquim despediu o médico, estamos sozinhos em cena e ele representa o seu papel, todas as noites, vindo jantar comigo. Aparentemente, cheio de atenções e de carinho, como um rapaz bem educado cumprindo o dever de visitar uma mãe velha. Pergunta-me como estou, diz-me que tenho melhor aspecto, traz pequenos presentes, como chocolates, revistas e jornais.

Mas agora quase nunca dorme em casa, e não tem sequer pudor em inventar desculpas. Serve sempre a mesma, as reuniões de trabalho, muito urgentes.

No entanto demora-se, depois do jantar, que ele próprio serve, porque a empregada que cuida da casa e de mim saiu pelas seis e meia ou sete. Faz ele mesmo o café e vai buscar dois copos de cristal e as bebidas, que me oferece sempre. Durante muito tempo recusei, com o argumento de que não podia, por causa dos comprimidos.

No entanto houve uma noite em que aceitei, e um sorriso de alegria lhe iluminou a cara. Não, não estou a imaginar. Eu vi como o seu rosto mudava e como ele redobrava de atenções comigo.

Ele não sabe que, também da minha parte, é um jogo, um papel que represento. Quando ele chamou ao médico ladrão e farsante, perdi a confiança na medicação, que de resto nunca me pareceu benéfica, apenas me deixava sonolenta e prostrada. Aos poucos, diminuí as doses, até que, ao fim de seis semanas, deixei de tomar os comprimidos. Substituí por vitaminas os que tomo, diante do Joaquim, ao jantar.

Dias depois aceitei um uísque, e daí para a frente acompanhei-o no que quer que ele beba – licor, vinho do Porto ou conhaque.

A partir desse instante ele anima-se, a conversa anima-se, e o serão estende-se, com o tinir dos copos que ele mantém sempre cheios.

Mais tarde comecei a deitar fora pequenas quantidades de líquido, de todas as garrafas, para ele pensar que passei também a beber, durante o dia. Muitas vezes finjo-me tonta e confusa e muito mais cansada do que estou realmente. Ele entrou no jogo, sem hesitação. Tenho a certeza de que comenta com a outra que eu caminho para o fim a passos largos, e ambos se devem rir.

Por que não tomo uma atitude, se é assim? Não duvide de que também pensei nisso. Deserdá-lo, por exemplo, em testamento? Claro que já me ocorreu. Seria uma forma subtil de vingança, que eu não iria presenciar, porque estaria morta, mas poderia gozar, em imaginação, antecipadamente. Deixaria tudo à Misericórdia, a obras de protecção a crianças pobres. Ele teria tido tanto trabalho para nada.

Mas estamos a esquecer um pormenor: eu não saio à rua, e quase não posso andar. Teria de mandar vir o notário a minha casa, isso chamaria a atenção da empregada, e ele saberia.

Não quero chamar-lhe a atenção, nem levantar suspeitas de que vejo muito claro o jogo dele. E sabe por quê? Porque espero por ele para jantar. O dia inteiro espero por ele. Não poderia viver sem a sua companhia. Mesmo que saiba que o seu carinho é falso, que apenas representa um papel. Mesmo assim eu espero que venha, e o prazer do jantar e do serão é real.

É para jantar que me visto e me penteio, que por vezes procuro na gaveta um alfinete ou ponho aos ombros uma echarpe de seda. Quando nos sentamos – quando ele me segura a cadeira e me ampara, até eu me ter sentado – é como se uma festa começasse. Com música de fundo, que selecciono sempre com cuidado, e uma vela acesa sobre a mesa.

Sei que ele virá, quando chegar a noite, e esperar esse momento tornou-se para mim um modo de vida. Por vezes, quando a conversa se anima e rimos ambos, quase esqueço que é tudo encenação. Esqueço que também eu sou mentirosa e fingida, bebo álcool sem tomar os comprimidos e deito fora o conteúdo das garrafas, que ele se apressa a substituir por outras cheias. Esqueço tudo isso, algumas vezes, deixo-me embalar pelo meu amor por ele.

Embora outras vezes me afunde em desespero, porque sei que, do meu lado, o jogo está perdido, e serão sempre eles a ganhar no fim. De que me serve ser inteligente e esperta? O que me adiantam as estratégias de resistência às armadilhas dele? Só estou a prolongar o meu sofrimento, mais nada.

Muitas vezes penso que era melhor obedecer ao seu desejo, beber álcool e engolir os comprimidos. Tomando todas as precauções para que o suicídio não falhasse, desta vez.

Mas depois resisto, lavo-me e penteio-me, e espero por ele para jantar. Se ele deseja a minha morte, não vai tê-la tão cedo, penso. O que também é uma pequena forma de vingança.

Em qualquer dos casos, sei que não tenho saída. Quer eu prolongue ou não a minha vida, já estou morta. São eles que estão vivos e viverão depois de mim.

Eu – não tenho consistência. Você por exemplo, também não acredita em mim, tenho a certeza. Não sabe se é verdade a minha versão da história.

Às vezes eu própria também não estou segura, a tal ponto me habituei a ouvir dizer que minto. A começar pelo médico. Todos iriam acreditar nele e não em mim. Eu sou a louca, não é verdade? Ele iria jurar que não aceitou as jóias, que nunca lhas ofereci. E o Joaquim juraria que a outra não existe, nunca existiu.

Não há ninguém a quem contar, ninguém que me possa servir de testemunha. Quando falo consigo sei que estou a falar sozinha, porque você não é uma pessoa real, é apenas uma orelha, do outro lado do fio. Uma orelha a que me agarro, no meio da noite, com um fio de voz. Mas a minha voz também é ilusão. Ninguém me ouve, só tenho a ilusão de ser ouvida. Estou cercada de todos os lados, e sem voz.

Mesmo que eu abrisse a janela e gritasse, mesmo que eu tivesse voz e a minha voz fosse alta como uma sirene de ambulância e eu abrisse a janela e gritasse – quem me ouviria?

Bilhete de avião para o Brasil

Desde que comecei a sair com o pai da Susana e a encontrar-me com ele no apartamento que um amigo lhe empresta, no Estoril, comecei a escutar às portas. Julguei que ia ouvir falar de mim, queria saber se a minha mãe tinha alguma suspeita.

Concluí que ela não sabia de nada, porque falava de outras coisas. Escutei sem querer, mas não era de mim que ela falava, era dela mesma, quando tomava chá na cozinha com Ivone. E Ivone também falava de si própria, de modo que fiquei a saber alguns segredos das duas criaturas.

Ambas me parecem dignas de lástima, cada uma a seu modo. A minha mãe nunca ultrapassou o desgosto de o meu pai a ter deixado, muitos anos atrás. Sempre esperei que ela encontrasse outro homem. Afinal era bonita, e ainda nova. Mas o tempo foi passando, e agora também me parece demasiado tarde. No entanto a culpa foi toda dela.

Bem lhe dizia eu que deixasse de pensar nele. Olha, mãe, a mim ele não me faz falta nenhuma, disse-lhe vezes sem conta. Quero lá saber que se tenha ido embora. Devias fazer como eu, seguir a tua vida e esquecer que ele existe. Parte para outra. Não é o que faz a maioria das mulheres da tua idade? Estão todas divorciadas e procuram outro rumo. Recomeçam, não é? Pois faz o mesmo. Não me fales mais dele.

Escondi os retratos na gaveta, e deitei fora alguns. Só não deitei todos, porque tive medo de que ela se zangasse. Mas não iam fazer falta, pensei enquanto os rasgava em pedacinhos e deitava no balde do lixo.

Ele era lixo, o meu pai. Que se danasse. Fosse para o inferno, desaparecesse bem longe, nas profundezas do Brasil, para onde tinha ido com a outra. Pois que vão e não voltem, a mim que se me dá.

Na minha vida ele não tinha mais lugar. Se me perguntavam pelo meu pai, dizia com toda a calma que estava no Brasil, que ele e a minha mãe se tinham separado. Ponto final no assunto. Quando alguma espevitada queria saber se ele tinha outra mulher, eu atirava logo: como queres que eu saiba, lá no Brasil? É natural que sim, e então? Cá por mim, ele pode fazer o que quiser, ora essa. E se insistiam se tinha outros filhos eu arrumava o assunto: que me conste não, pelo menos ele nunca falou disso nas cartas.

Claro que nunca houve cartas, nunca houve mais nada. Tudo acabou ali, com ele a sair de casa. E foi melhor assim.

Mas, se não me perguntassem directamente, eu não falava da minha vida, porque era dar parte de fraqueza, e ninguém tinha nada com isso.

Aos poucos, as perguntas foram diminuindo, desaparecendo. Afinal, as pessoas tinham mais em que pensar. Passei a sentir-me cada vez mais eu própria, Matilde, no meio dos outros, sem vergonha de nada. Deixaram de me vir à cabeça as coisas que no início me ocorriam. Por exemplo que um dia seria rica e admirada, casaria com um homem importante, iria viajar ao Brasil e encontraria o meu pai.

Imaginava muitas vezes esse encontro. O meu pai não me iria reconhecer, porque eu teria, evidentemente, mudado muito, era eu que o identificava. Dizia-lhe quem era, mas no minuto seguinte despedia-me, sem querer saber de mais nada. Dava-me a conhecer só para ele medir a imensa distância que haveria entre nós: o meu pai estaria envelhecido e cansado, talvez até sozinho. Sempre pensei que a história com a outra podia até nem dar certo. Quem sabe se o Brasil não teria sido para ele uma desilusão. Provavelmente, as coisas não tinham corrido como ele pensava. Poderia ter-nos deixado, para nada.

Mas eu, estava na cara que iria ser alguém. Pois já era a mais bonita e a mais inteligente da turma. Nem precisava de estudar grande coisa para ter as melhores notas. Sem grande esforço, tudo vinha ter comigo. Portanto eu dava a volta por cima e saía vencedora.

Ao contrário da minha mãe, que tinha ficado presa ao passado. Foi também o que a ouvi contar à Ivone:

Quando não aguentava a tristeza ia até à Cooperativa Militar. Andava ao acaso por aquelas salas meio vazias, por aquele palacete decadente, onde o chão rangia e não havia nada de interessante para ver nem comprar, parava diante das vitrinas, sem reparar em nada, deixando-se apenas invadir por aquela atmosfera dormente, de outra época, subia e descia de um andar a outro, evitava em geral a mercearia, tomava um café atravessando um corredor onde velhos dormitavam em sofás desbotados, ou fingiam ler um jornal com vários dias. Voltava finalmente à perfumaria, descendo a escada (não confiava no elevador, demasiado estreito e antiquado), comprava um creme para as mãos ou um dentífrico, e ao pagar na caixa dizia o nome do meu pai: sócio doze mil quatrocentos e cinquenta e sete. José Fernandes.

E era como se o tempo não tivesse passado, disse ela à Ivone. Como se ele ainda lá estivesse, quando ela voltasse para casa.

Ivone tinha também um lugar secreto, para quando se sentia mais só: Entrava na Kodak e conversava sobre fotografias. O dono da loja era um homem simpático, bom conversador, muito afável.

Com sentido de humor. Ela levava-lhe sempre os rolos para revelar, e depois escolhiam ambos as melhores fotos, para ampliar ou reproduzir. Ele gostava de dar uma opinião, mesmo que ela a não pedisse: iluminava uma caixa de vidro, em cima do balcão, onde punha os negativos, e fazia comentários ao trabalho dela. E era como se fizessem um trabalho conjunto, algo importante, grande reportagem, artigo de jornal ou algo assim. Era pelo menos o que ela sentia. Ele era sempre encorajador e caloroso. No fundo era para conversar com ele que ela tirava tantas fotos. Tinha consciência disso.

Ia para a cama com ele? Quis saber a minha mãe. Não, não pensava nele nessa perspectiva. Bastava-lhe muito menos, alguns minutos de conversa e era tudo.

Aí a minha mãe repetia-lhe o que, durante anos, me ouviu dizer a mim. Devia procurar outro homem, fazer novos amigos, sair ao fim-de-semana. Ou mesmo mudar de emprego, para conhecer outras pessoas.

Não pude impedir-me de sorrir, atrás da porta. Aprendera bem a lição que eu lhe tinha ensinado, a minha mãe. Só que a Ivone não a ouvia, como a minha mãe não me ouvira a mim. Os melhores conselhos caíam portanto sempre em saco roto?, interroguei-me.

A Ivone sorveu outro gole de chá. Não esperava nada da vida, contentava-se com coisas mínimas, e era assim que se mantinha à superfície. Como alguém em risco de afogar-se se agarra a qualquer palha. Disse ela.

Mas em todo o caso, disse a minha mãe, era melhor assim do que ser como a Maria Ema e a Eduarda, sempre à espera de uma aventura, que nunca acontecia, e tomando por declarações de amor o menor galanteio de um homem. Patéticas. Ou como a Patrícia, que corria do psiquiatra para o psicólogo, e do psicólogo para o vidente.

Não quis ouvir mais nada e fugi para o meu quarto, como se uma coisa má me perseguisse. Na verdade eram dignas de lástima, mas o que senti foi repulsa. Vias, num relance, como bruxas más, que podiam contaminar-me por proximidade ou por contacto. De repente tive medo de ficar como elas. Medo de que me agarrassem e obrigassem a sentar a seu lado.

Fechei a porta à chave, com o coração a bater. Nunca iria confiar na minha mãe, decidi. Se ela descobrisse e se voltasse contra mim, sairia de casa. Iria ter com o Gonçalo, e ele acharia um modo de resolver as coisas. Tudo menos confiar na minha mãe e deixar-me apanhar.

Era então assim que viviam as mulheres maduras e sozinhas. Tentando tudo para preencher o vazio, e nunca o preenchendo – ikebana, massagista, acupunctura, natação, karaté, cabeleireiro, aeróbica, dança jazz, macramé, ponto de cruz, maquilhadora, caminhadas a pé, quermesses, reuniões de caridade, cinemas, sapatarias, lojas de roupa, infindáveis sucessões de lojas de roupa.

Morreriam de inveja de mim, se soubessem. Dariam tudo pelo amor de um homem, e não iriam encontrá-lo nunca.

E por isso se uma mulher era jovem, bela e rebelde como eu, amava um homem e corria para os seus braços, era preciso de algum modo vingarem-se. Baterem-lhe, quem sabe, insultá-la, pregar-lhe moral, (ah, as lições de moral, as prelecções sobre o amor proibido), o bom senso (ah, já faltava o bom senso, ele era casado etc., não se iria divorciar, eu seria sempre a outra, e onde estava o futuro desse amor) – sempre a pensarem em futuro, porque elas não tinham futuro, nem sequer presente, não tinham nada e precisavam de vingar-se de quem tinha tudo.

Eu tinha o que elas desejavam, um homem amado à minha espera e era preciso castigar-me, matar-me, por isso. Eu tinha uma vida intensa e deslumbrante e não precisava de psiquiatra, psicólogo, vidente, cartomante, astrólogo nem o demónio que as levasse. Não precisava de nada, a não ser do Gonçalo.

Liguei-lhe para o telemóvel, porque precisava de ouvi-lo, de o sentir perto, para esquecer tudo o que tinha ouvido atrás da porta.

– Meu amor, disse-lhe baixo, e a minha voz não tremia.

Ele respondeu, de Nova Iorque. Por detrás das palavras, chegavam até mim claxons de ambulâncias, o trânsito de Nova Iorque.

Não iria contar-lhe nada de especial, a sua voz bastava para apagar as vozes da minha mãe e de Ivone. A presença dele, mesmo através do fio, afastava-as, para longe.

– Até depois de amanhã, dissemos.

– Adoro-te.

– Adoro-te.

Depois de amanhã correria para os seus braços, enterraria a cabeça no seu ombro, sentiria o cheiro forte do fumo do Mayflower, e ele abraçar-me-ia com força, antes de começar a despir-me, e passaria a mão sobre os meus cabelos desmanchados.

Bilhete de identidade de Gonçalo: quarenta e dois anos, natural de Lisboa, freguesia de São Sebastião da Pedreira, casado, piloto da TAP. E pai da minha melhor amiga, Susana.

E o melhor amante do mundo. Meu amante.

Às vezes ainda sorrio, de surpresa. Foi tudo surpreendente, inesperado. Outras vezes não me parece possível, como se fosse sonho, ou imaginação. Mas é real.

Comecei a ir estudar para casa da Susana. Foi ela que me pediu, não percebia nada de Matemática. Eu tinha tido a melhor nota, repetia com ela a matéria, fazíamos os trabalhos juntas.

A maior parte das vezes o Gonçalo não estava – telefonava de vários lugares do mundo, Europa, África, América do Norte ou do Sul.

A princípio pensei que ele também era um pai ausente e não fazia, no fundo, muita diferença do meu. Mas depois ele chegava, enchia a casa com a sua presença e esquecíamos tudo, era como se ele não tivesse partido, o fio interrompido do tempo colava-se de novo, reforçado. Ele parecia também consciente disso, procurava compensar-nos do tempo que estivera fora trazendo pequenos presentes, objectos exóticos, postais, fotografias, contando o que entretanto se passara, como se procurasse preencher o intervalo.

Eu sentia-me incluída nessa relação. Como se fosse irmã da Susana, pensava às vezes. Também eu filha da mãe dela, que era alta e loura e se chamava Alice.

Foi depois que tudo mudou. De repente.

Às vezes o Gonçalo ia buscar-nos ao liceu, o que era sempre uma surpresa agradável, sobretudo quando chovia e não tínhamos levado guarda-chuva. Deixava-me sempre primeiro em casa, excepto um dia em que deixou primeiro a Susana – ia ao Jockey Club, explicou, a minha rua ficava no caminho.

Casualmente, acabei por ir com ele, ver os cavalos. Eu nunca tinha entrado no Jockey Club, nem sabia que ele gostava de montar. Havia muitas coisas que eu não sabia sobre ele, pensei quando o vi falar com o tratador e fazer festas ao cavalo, que estendia o pescoço para fora da box.

No regresso atravessámos o Monsanto. Chovia cada vez mais e a certa altura ele parou o carro debaixo das árvores, numa reentrância da estrada. Era perigoso conduzir com aquela chuva, que não deixava ver o caminho. Valia mais esperar um pouco.

Pôs a mão no meu joelho e depois abraçou-me. Não reagi nem consegui articular palavra – estava ao mesmo tempo surpreendida e deslumbrada. Ao primeiro beijo percebi que o mundo tinha mudado. Definitivamente.

Ele foi muito terno comigo, quis saber o que eu pensava, mas eu não pensava nada. O mundo tinha mudado, era agora outro, e eu ainda não sabia como andar no meio dele.

Mas aos poucos fui sabendo. Deixava-me ir, ao sabor de uma corrente – deixava-me levar, como se dançasse. Bastava não pensar, fechar os olhos e seguir a música – e não havia nenhuma hipótese de falhar o compasso. Tudo estava certo, e era bom. Não posso ser mais feliz, dizia-lhe – continuo a dizer-lhe, desde o primeiro dia e até hoje. Não posso ser mais feliz.

Ele é tudo o que eu quero nesta vida. Porque ele me dá tudo – sexo, ternura, amor, compreensão, a sensação de partilha.

Gosto de tudo, nele – da experiência dos anos, de saber que ele viveu muita coisa até chegar a mim e parar em mim, gosto do seu rosto com rugas, do seu corpo bronzeado pelo sol dos trópicos, dos cabelos que embranquecem acima das sobrancelhas. Não me interessam os rapazes da minha idade, que não viveram nada, não sabem nada do mundo e da vida e me arrastam para estúpidas discotecas onde nem gritando conseguimos ouvir duas palavras. Aliás, não teríamos nada a dizer, os rapazes da minha idade não têm nada a dizer. Sou mais madura e mais adulta e também mais inteligente do que eles.

Nenhum me interessa, respondo se o Gonçalo me pergunta. És tu que eu quero, não duvides disso. De poucas coisas tenho tanta certeza.

Falamos muito na cama, depois do amor. O que vivemos só a nós diz respeito, e a mais ninguém. É uma espécie de dádiva dos deuses – há uma porta que se abre, num andar do Estoril, e dá directamente para o céu.

O céu não tem a ver com o mundo real. É um lugar onde estamos sós e onde não existe a minha mãe, nem a Susana, nem Alice, mulher do Gonçalo. Não existe o tempo nem o pensamento, nem a voz da minha mãe e de Ivone.

É só depois, na minha cabeça, que por vezes, sobretudo de noite, ouço vozes. Que poderiam ser das vizinhas, dos transeuntes, dos professores, dos colegas do liceu, dos pais deles, vozes anónimas do senso comum e do medo. Do meu medo.

Vozes, figuras e cenas. Por exemplo assim:

Fazemos amor, na cama do Estoril, quando alguém mete a chave na fechadura, entra no quarto e nos surpreende. Vejo o rosto que nos olha, no primeiro instante quase com pavor: não é o amigo do Gonçalo, dono do apartamento, mas Alice.

A sensação desconfortável de trair Susana e Alice. De lhes entrar em casa, e roubar. Fingindo ser amiga da Susana. Porque agora de algum modo finjo – continuo sua amiga, mas finjo que continuo a ser a mesma, e já não sou.

Pesadelos, em algumas noites. De uma vez havia um pássaro que apanhava uma janela aberta, entrava numa casa e roubava um dedal de prata. Não era a minha casa, era outra, desconhecida. Mas o pássaro era muito visível no sonho – relativamente grande, com penas cinzentas, pretas e algumas brancas, tinha um voo rasante, de veludo, e era irresistivelmente atraído por objectos brilhantes, de metal. No sonho eu não sabia o seu nome, nem reconhecia a casa.

Foi muito tempo depois que de repente me ocorreu: era a casa da Susana, a da janela aberta.

E como se chamava o pássaro? Como se chamava?

Sim, eu sabia, tudo tinha ficado subitamente muito nítido: o pássaro era uma pêga.

Agora não tenho amigos, porque não posso confiar em ninguém. Não posso falar com ninguém da minha vida.

Quando lhe digo coisas destas, o Gonçalo consola-me como se eu fosse uma criança. A felicidade é assim, diz ele. Não se pode pensar demasiado.

Tento ser como ele, que conhece a vida. Não pensar. A felicidade é frágil como uma borboleta. Não se pode tocar-lhe.

E é também uma coisa sem tempo. Percebo que não posso pensar no que acontece amanhã. Amanhã o Gonçalo envelheceu, cansou-se de mim, esqueceu-me, recuperou o dia-a-dia, voltou a tempo inteiro para casa. Ou eu cansei-me de esperá-lo, de separar--me dele constantemente, de estar sozinha, de me sentir culpada. Amanhã o amor acaba.

Mas amanhã não existe, e o nosso amor nunca acaba. Nunca, dizemos abraçados, rolando nos lençóis. Nunca.

Depois ele é muito terno, e procura dar resposta ao meu medo. Trocamos o apartamento por hotéis, sempre diferentes, para diminuir o risco de alguém nos encontrar, outras vezes ele arranja modo de me meter no mesmo avião que ele conduz e fazemos uma escapada ao Funchal, a Madrid ou ao Algarve. O fim-de-semana, apenas o fim-de-semana. Digo sempre à minha mãe que vou à quinta de uma amiga, e invento um nome que ela não conhece.

Adoro essas escapadas – ele leva-me pelos ares, voando, à descoberta do mundo, leva-me consigo, sobre as nuvens –

A próxima escapada é ao Brasil. Disse-me ontem, e deu-me de surpresa um bilhete de avião. Partimos na quinta-feira e voltamos oito dias depois. Vamos ver o Rio de Janeiro, Angra dos Reis, apanhar sol em Búzios. Só tenho de inventar uma boa história para dizer à minha mãe e à Susana. Ou duas histórias, mas que não colidam, se a minha mãe por acaso encontrar a Susana. Também isso me ocorre – que a minha mãe encontra a Susana e se põem a conversar sobre mim e inesperadamente alguma coisa sobe à superfície e transborda.

Às vezes volto-me na cama, sufocada, e sinto a minha mãe lutando contra mim. Grito-lhe que me deixe em paz e fique com o fantasma do meu pai – porque ela não tem mais nada, a não ser aquele cartão desbotado de quando ele era oficial miliciano e se fez sócio doze mil quatrocentos e cinquenta e sete da Cooperativa Militar.

Vá-se embora, grito no sonho, fique no meio daquelas salas mortas, mas deixe-me viver a minha vida, porque eu estou viva.

(Rio de Janeiro, Angra dos Reis, apanhar sol em Búzios).

Derrubo a minha mãe, que tenta agarrar-se a mim e prender--me, pego na mala e corro, ela está morta mas eu estou viva, e vou voar para o Brasil com o homem que eu amo.

(Rio de Janeiro, Angra dos Reis, apanhar sol em Búzios).

Ouço os meus passos a correr na escada.

A mulher que prendeu a chuva

Vou algumas vezes a Lisboa, em viagens de negócios. Se não todos os meses, pelo menos de seis em seis semanas apanho um avião para Lisboa. Compreendo a língua o suficiente para não precisar de intérprete, porque uma boa parte da minha infância e adolescência foi passada no Brasil, onde os meus pais viveram alguns anos, também por razões profissionais.

Conheço a cidade razoavelmente: os lugares onde nos deslocamos com frequência começam a certa altura a tornar-se familiares, pelo menos à superfície, mesmo quando, a um nível mais profundo, quase tudo neles nos faz sentir estrangeiros.

É natural por isso que muitas coisas insólitas já não me surpreendam, em Lisboa, como se de algum modo me encontrassem preparado. A minha contrariedade, ou o que dela evidenciei, não foi por isso excessiva quando percebi que o meu hotel de cinco estrelas tinha feito overbooking e o quarto que me era destinado, e já tinha sido pago pela agência, estava ocupado por outra pessoa, que chegara antes de mim.

O gerente foi aliás exaustivo no pedido de desculpas pelo facto, que considerava inteiramente alheio à sua responsabilidade, e exímio no modo como solucionou o problema, pondo-me à disposição, sem qualquer acréscimo de preço, uma suite a que, segundo creio, chamou "presidencial", e que ocupava o último piso do hotel.

Sorri comigo próprio ao verificar onde me tinha levado esta falha da organização, que o gerente parecia considerar obra do destino ou do acaso: Eu era agora o único habitante de um espaço sumptuoso onde caberia à vontade uma comitiva, e onde certamente se tinham acomodado presidentes de vários países e outras personagens consideradas VIP graças às suas contas bancárias. Para todos esses, que vinham de diversos mundos (do futebol ou do cinema, da banca, da política ou do topo de empresas), como para mim naquele momento, tudo no interior respirava luxo, bom gosto e conforto, e as varandas abriam-se sobre uma vista deslumbrante da cidade.

Nada mal, pensei, arrumando o assunto (que aliás, ao que parecia, se "arrumara" suficientemente bem a si próprio), e começando a pensar noutra coisa. A estada de dois dias passou, como sempre, a correr, com reuniões de trabalho sucessivas, seguidas de jantares que me fizeram regressar sempre mais tarde do que eu teria desejado. Praticamente nem tive ocasião de reparar no apartamento, onde acabei por passar um tempo mínimo.

Foi só na última manhã que tive oportunidade de retirar algum prazer do lugar luxuoso onde me encontrava. Tomei um banho demorado, numa banheira a que quase poderia chamar piscina, deixei-me massajar por um sofisticado sistema de jaccuzzi, barbeei-me diante de paredes de espelhos, e mandei servir o pequeno almoço na varanda. Vesti-me depois e comecei a fazer a mala sem nenhuma pressa, porque ainda eram nove e cinco, só tinha de fazer o check in às dez e vinte e sabia que o taxi não levava habitualmente mais de quinze minutos do hotel ao aeroporto.

Dei conta, a certa altura, com alguma surpresa, que eu não era a única pessoa ali presente. Duas mulheres, duas criadas negras, como verifiquei olhando pela porta entreaberta, limpavam a enorme sala contígua ao quarto de dormir. Provavelmente tinham entrado no apartamento pelo outro lado, onde havia uma segunda porta, e já tinham limpo vários quartos, casas de banho, quartos de vestir, e duas ou três salas, antes de chegarem ao lugar onde agora estavam. Não tinham notado a minha presença, ocupadas com aspiradores e panos de limpeza, e empurrando carros com detergentes, artigos de toilette e toalhas engomadas, e eu também não as tinha visto, nem ouvido entrar.

Durante um segundo pensei em pedir-lhes que saíssem, e voltassem depois de eu partir. No entanto, no segundo seguinte, desisti de fazê-lo. Eu ia sair dentro de um ou dois minutos, pensei. Apetecia-me caminhar ainda um pouco na rua, debaixo dos jacarandás, antes de voltar ao hotel buscar a mala e apanhar um táxi. Voltei-lhes as costas, na direcção do armário, de onde comecei a retirar a pouca roupa que trouxera.

Foi então que percebi que falavam. Uma delas, sobretudo, era a que falava, a outra limitava-se a lançar interrogações, ou a emitir sons, de quando em quando. Eram duas vozes diferentes, que se manifestavam de maneira desigual.

A chuva, ouvi dizer uma delas. *Foi por causa da chuva.*

Meti na mala um blazer, um fato e roupa interior e comecei a dobrar uma camisa. A voz da mulher chegava distintamente até mim.

Foi por causa da chuva, repetiu.

Não chovia há muito tempo e tudo tinha começado a morrer. Até as árvores e os pássaros. As pessoas tropeçavam em pássaros mortos.

Dobrei a segunda camisa e meti ambas na mala. Fechei-a, e desfiz o código, rodando uma combinação de números.

Tudo tinha secado, a terra abria fendas, ouvi a mulher dizer ainda. *Gretada da falta de água. A terra tinha feridas na pele. Animais morriam. Pessoas morriam. Crianças morriam. O ribeiro secou. O céu secou. As folhas torciam-se, nas árvores, e depois também as árvores secavam.*

Olhei entre os batentes da porta. A mulher que falava tinha parado de limpar. A segunda mulher também parara, e olhava fixamente a primeira. O pano, os detergentes e o carro da limpeza não tinham, naquele instante, existência real para nenhuma delas.

Então começaram vozes, nas pessoas da aldeia, prosseguiu a que falava, num tom mais alto. Ou que agora me parecia mais alto, porque eu me voltara na sua direcção.

Alguém era culpado pela seca. E depois começaram as vozes, na aldeia, de que a culpada era aquela mulher.

Outros diziam que não. Ninguém sabia ao certo. Mas a seca não acabava, e tudo continuava a morrer.

Até que chamaram o feiticeiro. Acenderam o lume e queimaram ervas e ele bebeu o que tinha que beber e ficou toda a noite a murmurar palavras que ninguém entendia. Pela manhã vieram os Mais Velhos e ele disse que era por causa daquela mulher. Foi isso que ele disse e todos ouviram: Aquela mulher prendeu a chuva.

Então os Mais Velhos entenderam o que se ia passar e olharam para o chão, porque tinham piedade da mulher que vivia sozinha, afastada da aldeia. Muito tempo antes o marido tinha-a abandonado e morrera-lhe um filho e ela tinha chorado tanto que o seu corpo tinha secado, os seus olhos tinham secado, toda ela se tinha tornado um tronco seco, dobrado para o chão. Tinha-se tornado bravia como um animal, nunca se ouvia falar, só gemia, e gritava às vezes de noite.

Essa mulher, repetiu o feiticeiro olhando para o chão. *Acendeu o cachimbo e soprou devagar o fumo: Ela prendeu a chuva.*

Mas ninguém queria matá-la. E também o feiticeiro disse que não era por sua vontade.

Ficaram parados, como se esperassem. Todos os da aldeia, sentados debaixo de uma árvore. E o tempo também parou, e não passava.

A mulher que contava interrompeu-se um instante, como se também ela esperasse. A outra não fez perguntas, ficou em silêncio, aguardando o desfecho de tudo.

Então um jovem ofereceu-se. Eu vou, disse. Como se fosse igual matar a mulher, ou ser morto.

A mulher que falava susteve-se de novo. Estavam algures, noutro lugar, para onde as tinha levado a história. Abri mais a porta e olhei-as com curiosidade. Tinha a certeza de que agora não dariam pela minha presença.

A que contava era gorda, de cara larga, e usava óculos. Tinha uma voz forte, bem timbrada, e fazia gestos com as mãos e o corpo. Por vezes mudava a expressão do rosto e o tom de voz, como se encarnasse as personagens. A outra usava um lenço amarrado à cabeça, era magra e mais nova e tinha um ar menos seguro de si do que a primeira.

Ele foi ter com ela à cabana e passou a noite com ela. Dormiu com ela e fez amor com ela. Passou-lhe as mãos no sexo, nos seios, nos cabelos, acariciou-a com ternura e depois a apertou com os braços, como se fosse outra vez fazer amor com ela, apertou mais e mais, em torno do pescoço até sufocá-la. E depois veio cá fora da cabana, com a mulher morta nos braços e deitou-a na terra e todos caminharam em silêncio em volta.

Calou-se um instante e limpou a testa com o braço.

E então começou a chover, disse a mulher. *Então começou a chover.*

As duas olharam-se, em silêncio. Depois sacudiram a cabeça, suspiraram como se estivessem muito fatigadas, e recomeçaram a limpar.

Olhei o relógio porque de repente não fazia ideia de quanto tempo tinha passado. Apenas alguns minutos, verifiquei. Sete minutos, exactamente. Não me iriam fazer a menor falta, reflecti. Tinha ainda muito tempo. Mas senti-me, subitamente, desconfortável.

Peguei na mala, abri por completo a porta, fazendo o máximo ruído que pude, e passei de rompante diante das mulheres, que me olharam com surpresa e emitiram um "ah" espavorido, como se tivessem visto um fantasma.

Atirei-lhes com brusquidão um "bom dia" e avancei a passos largos para o elevador.

Check-in às dez e vinte, pensei, carregando no botão e começando a descer vários andares. Algo, em toda aquela história, me deixara ligeiramente irritado, naquela incrível conversa de mulheres que, por alguma razão irracional eu tinha ficado, estupidamente, a ouvir – eu, que nunca escuto conversas, muito menos conversas de mulheres. Olhei o relógio outra vez e calculei o tempo que me separava da cidade onde eu vivia, noutra parte da Europa.

Só depois de o avião levantar voo os factos me surgiram de outro modo. Passei dois dias em Lisboa, e, pelo preço de um quarto standard, ocupei uma suite improvável, contei a mim próprio: devia ter umas quinze divisões, além de varandas imensas e de uma banheira-piscina. E de repente, quando entreabri uma das portas, na sala ao lado estava um pedaço de África, intacto, como um pedaço de floresta virgem. Durante sete minutos, exactamente durante sete minutos, fiquei perdido dentro da floresta.

Sorri interiormente, imaginando-me a contar isso a outra pessoa, por exemplo, ao passageiro do lado, ou à hospedeira que acabava de me servir um uísque. Toda a gente iria achar que eu estava bêbado, ou era louco.

Mas não estava bêbado nem era louco, pensei sorrindo de novo e recostando-me melhor na cadeira. Não havia nada de errado comigo. Lisboa é que não era, provavelmente, um lugar normal.

Se por acaso ouvires esta mensagem

Se por acaso ouvires esta mensagem, não finjas que não a ouviste, nem te distraias a olhar as nuvens, ou a falar de outro assunto com quem estiver a teu lado. Se a ouvires, assume que a ouviste. Porque não se pode ao mesmo tempo ouvir e não ouvir.

Há palavras que, uma vez ouvidas, nos mudam para sempre. Devias saber isso, afinal não eras tu mesmo que o dizias? É isso que eu pretendo, falando: mudar-te. Se me ouvires, não poderás continuar como és, alguma coisa em ti se transforma e te coloca em movimento. Mesmo que apenas dês, na minha direcção, o menor dos teus passos. Foi isso o que sempre disseste. Mas provavelmente esqueceste tudo o que dizias, desde que te foste embora. Passaste por aqui mas partiste, e cortaste atrás de ti todas as amarras. E agora não há nada que me ligue a ti, nenhuma corda, ou cabo, ou fio telefónico. Estamos aliás na era dos telefones sem fios, das ondas de som que andam pelo ar, chegam aos satélites, ao espaço, à espera de serem ouvidas.

No entanto, não sei se me ouves. Se podes, ou queres, ouvir-me, ou se é de todo impossível a minha voz alcançar-te. Talvez a dificuldade não esteja na transmissão da minha voz, não há dificuldades de transmissão nesta era de maravilhas tecnológicas. Talvez a dificuldade, ou a falha, esteja só em ti. Não consigo imaginar o teu rosto. É possível que não tenhas orelhas, nem olhos nem ouvidos, e o teu rosto seja muito diferente do que imagino. Talvez seja o rosto de um monstro.

Quando penso em ti, é como se tudo fosse fácil, como numa comunicação telepática. Quase sinto o teu olhar sobre mim, quando levanto os olhos. E então nem preciso de palavras, tudo é absoluto e imediato, numa fracção de segundo transmiti-te tudo o queria dizer-te, e tu captaste.

Mas sei que é puramente imaginação. Nenhuma nave espacial pousa diante de mim e abre uma porta de luz, de onde tu sais. Se abrir a janela, tudo o que vejo para além dela é a noite.

Na cidade não se vêem as estrelas, o céu é opaco de nevoeiro e fumos. As noites são longas, do outro lado da janela. Longas e vazias. É por isso que por vezes, em noites como esta, em que não consigo dormir e caminho como sonâmbula entre a janela e porta, penso em ti e te imagino, como se pudesses estar ligado a mim por um fio qualquer. Tudo seria muito fácil, penso, se existisse esse fio. Haveria um nexo, uma finalidade em tudo, haveria um objectivo, que, pelo menos para ti, seria perceptível, mesmo que eu não o compreendesse. Eu estaria, como vês, pronta a aceitar a minha inferioridade, em relação a ti, a admitir que a minha inteligência não alcança o mesmo que a tua, que os teus olhos vêem muito mais longe que os meus. Se houvesse um fio a ligar-nos. Se tu mesmo tivesses atado esse fio.

Eu poderia então aceitar praticamente tudo, mesmo o mal, a loucura, o horror, o absurdo, porque tu estarias comigo e serias, no fim de contas, responsável. Pelo menos tanto como eu. Ou, provavelmente, mais do que eu. Sim, a responsabilidade, no fim de contas, seria sobretudo tua. Mas, como eu te aceitaria superior a mim, acreditaria que terias sempre razão, o que quer que fizesses.

Mesmo quando me parecesse que agias contra mim e me punhas dificuldades no caminho, como se te desse prazer fazer-me torcer os pés e cair. Até isso, ou qualquer outra coisa, eu aceitaria. Se estivesses comigo.

Até esta pequena mancha na pele eu aceitaria. Este mal, que primeiro começou por ser uma pequena mancha na pele e a que a princípio nem dei importância, pensando que era do excesso de sol, por ter andado na praia e me ter deitado tempo demais ao sol, ao lado de um homem que eu amava.

Até perceber que aquela pequena mancha, que depois alastrava, vinha do homem que eu amava, porque eu me tinha deitado com aquele homem, que eu amava.

Fiquei em estado de choque muito tempo, como se não conseguisse acordar. Até que acordei e corri ao médico. Para ouvir o que eu suspeitava, o que ele também suspeitava, e ficou de repente muito claro, preto no branco, nas análises.

Está tudo no sangue, e ele não mente, uma gota de sangue é o bastante para que te digam tudo.

Disseram-me, e eu ouvi. Mas não posso guardar só para mim, essas palavras, tenho de dividi-las com alguém, desde logo contigo.

Claro que havia também o homem que eu amava, é claro que falámos disso, da culpa dele, porque não me disse, e deveria ter dito, da distância que, a partir daí, se cavou entre nós, pela traição das palavras não ditas.

Mas antes dele, estavas tu, que também me deverias ter protegido e falhaste. Se alguém me traiu, foste primeiro tu. Também eu me deveria ter protegido mais, sei que vais dizer isso, ou sei que dirias, se falasses comigo. Mas proteger-me como? Os preservativos rebentam, ou não sabes disso? Não podes fingir sempre que és alheio a tudo: se um homem que eu amava me traiu, foi porque, primeiro, tu me abandonaste.

Deixaste-me cair na noite, no meio do nevoeiro e do fumo. Devias estar na minha vida, junto de mim, e não estavas. E o que acontece comigo não te importa. Culpa minha? Não, culpa tua. Culpa tua. Sei que estou a gritar, e que mesmo assim não me ouves, porque não estás aqui. Se estivesses eu sacudia-te pelos ombros, batia com os punhos nos teus ombros, sufocaria a voz no teu peito, esconderia o rosto nos teus braços. Faz qualquer coisa, gritaria até perder a voz. Faz qualquer coisa por mim.

O meu rosto estaria roxo de cólera e eu continuaria a gritar até ter a certeza de que me ouvias. Porque eu não mereço, tu sabes melhor do que ninguém que não mereço. Justamente agora. Quando tudo se ajeitava melhor na minha vida, que parecia finalmente resolver-se. Tinha um homem que amava, e um trabalho que me sustentava. O mínimo, dirás tu. Mas quase ninguém tem esse mínimo, é assim o mundo. Vive-se em falta, e em falha. O comum dos mortais vive em falta, e em falha. Toda a gente sabe disso, aparentemente, menos tu. E agora? Agora, como sempre, não te importas, e não moves nem o menor dos teus dedos. Aparentemente, não podes fazer nada por mim. Nunca pudeste. Deixaste-me cair no meio da noite.

Nem sequer me ouves, por muito que eu grite. Nunca vais ouvir esta mensagem. Mas se por acaso a ouvires, Deus, se por acaso ouvires esta mensagem, não afastes de mim o teu rosto: não cortes este fio de palavras que vou estendendo entre mim e ti, porque não me resta mais nada senão este fio imaginário – provavelmente tu não existes e falo sozinha, no nevoeiro e na noite, mas se por acaso existires e ouvires esta mensagem, não cortes o fio, Deus, não cortes este fio de palavras, e fica a escutar-me. Até ao fim.

O meu semelhante

Eram já cinco e cinco quando cheguei à entrada do prédio e abri a porta da rua. Foi quando ouvi a campainha de um elevador tocar. Está alguém lá fechado, pensei. Mas tinha muita pressa de chegar ao metro. Se não apanhasse o barco das cinco e quarenta e cinco no Cais do Sodré só tinha outro passado meia hora.

E depois do barco ainda tenho sempre de apanhar outro autocarro. Em chegando a casa, é acabar o jantar, que já ficou meio pronto, pra isso me levanto às cinco e meia, ver se os rapazes fizeram os deveres da escola, pôr roupa a lavar e ouvi-los bulhar um com o outro, até eu me zangar com eles.

Eu, se pudesse, bem me deitava logo que chegasse, nem se me dava de comer ou não. Mas aqueles mafarricos nunca têm pressa de ir para a cama e nunca estão cansados, enquanto eu ando estafada e chego à noite a cair.

Bem, isto só para dizer que nem pouco nem muito me ralei com quem estava no elevador. Se lá estava preso, lá ficasse. Nem que fosse por conta de quem devia estar na prisão e não estava.

Estes do condomínio bem podem comprar elevadores em condições e pagar a quem lhes vá acudir, se for caso disso.

E então a modos que decidi nem pensar mais e fui à vida, que a morte é certa.

Mas já ia no barco e ainda estava a magicar em quem lá estava dentro, e no que se havia de afligir. E já estava na cama e pensei na agonia que era se demorassem muito a acudir-lhe.

Não gosto de elevadores nem do metro, andar debaixo da terra dá-me um soco no estômago como se estivesse dentro de um caixão. E se aquilo nos cai na cabeça e a gente fica debaixo de um montão de entulho?

Andar cá por cima sempre é diferente, pelo menos tem ar.

Se bem que se houver um terramoto nem Santo António nos salva. As primeiras coisas a cair são de certeza os túneis, e a cidade está cheia deles, não há praça que não esteja furada que nem um caminho de toupeiras. Também não gosto das pontes, aquilo balança e assobia com o vento, parece que anda por lá o diabo à solta.

Até podia apanhar o comboio em vez do barco, mas passar de comboio na ponte dá-me um arrepio. O barco sempre acho mais seguro.

Bem, isto pra dizer que me deitei na cama e tão derreada estava que acabei por cair no sono, mas aí às duas da manhã acordei. Assim, sem mais nem menos. E a primeira coisa que pensei foi em quem ficou a gritar no elevador.

Ora, não lhe havia de acontecer nada. É verdade que o elevador se fecha que nem uma caixa de metal, mas aquilo deve ter algum buraco por onde venha o ar. Ou deve ter ar condicionado, aquela gente tem ar condicionado em tudo quanto é canto. Se sentisse falta de ar devia ser só impressão.

E o que queriam que eu fizesse? Que fosse chamar o segurança? Sabia lá por onde andava, na porta de saída não estava, podia andar na ronda em qualquer garagem ou corredor, vá-se lá saber qual.

Não tenho nadinha a ver com isso; se o elevador avariou, problema deles. Eu lavo as escadas, é para isso que me pagam, e só ando de elevador para as lavar. Subo até ao último piso e começo a lavar de cima para baixo, que é como deve ser.

Quando chego cá abaixo, já lavei e desci tudo quanto é degrau e patamar e doem-me os braços e as pernas, e até as mãos, de tanto rolar nelas o cabo da esfregona.

Eles sabem lá o que é trabalho. Andam elevador abaixo e elevador acima para sair a passear o cão, ir ao cabeleireiro, ao ginásio e às compras nas lojas finas, e nunca pensaram em quem lava escadas. Nem devem sabem quanto me pagam, são despesas do condomínio. Nunca é com eles que falo, é com os encarregados, que também não fazem nada, a não ser mandar. Ora isso também eu fazia, e bem melhor do que eles. Ó Fulana, lave aí estas escadas. É tanto ao fim do mês.

Olha que difícil. Lavassem-nas eles, pra ver como é. Até porque não tenho só aquele prédio do condomínio, tenho mais, e limpo os corredores e as garagens, aquilo é um desperdício de vazio, no espaço que eles não usam vivia uma pancada de famílias.

Em minha casa nem lugar há para outra mesa, as crianças fazem os deveres na mesa da cozinha. E ainda tive sorte de o vizinho Arnaldo me fechar a marquise, sempre tenho onde pôr umas mercearias, e deixo debaixo da cama as malas com roupa de verão ou de inverno, a que não se usa no tempo em que se está. Antes da marquise entrava muito frio por baixo da janela, assim ficou bem melhor, a marquise tem pouco espaço mas sempre é mais algum, e tudo o que possa ajudar eu agarro logo, com as duas mãos.

Bem, quando ouvi os gritos no elevador tive pena de quem lá estava. Mas ali no condomínio os elevadores devem ser bons. Pois eles não têm dinheiro para grandes carros e para aqueles jardins no telhado, com relva e tudo? E para uma piscina, também no telhado, com cadeiras de lona e guarda-sóis em volta? Lá não dizem telhado, dizem deque. A modos que nem há telhado, pelo menos nunca lá vi telhas, aquilo é uma espécie de varanda a cobrir tudo, com pedaços de relva e de jardim. Se têm dinheiro para tudo isso, e nem chegam a gozá-lo, porque nunca vi ninguém nesse tal jardim, haviam logo de poupar nos elevadores? Ná, aquela gente nem sabe o que é poupar, os elevadores têm sempre alguém ao telefone, a atender quando é preciso. Está lá? É o senhor que trata dos elevadores? Olhe, estou aqui parado, o elevador avariou e não anda nem pra cima nem pra baixo.

Então carregue naquele botão ali ao fundo. Já carreguei nos botões todos e não anda. Então o senhor espere só um momentinho que já aí mando um técnico resolver tudo.

Pois alguém resolvia logo aquela alhada e ainda pedia desculpas pelo incómodo. Não valia a pena eu perder o barco, ainda mais quando à hora do almoço tive de ir a correr comprar uns ténis de ginástica para o meu mais novo, a professora marcava falta se ele não os levasse, e ao lado dos ténis vi alheiras com desconto e um pão de Mafra e comprei o pão e as alheiras, e depois a dona do quinto andar ouviu-me no patamar e abriu a porta a perguntar se eu queria seis pacotes de leite que já estavam um dia depois do prazo, eu disse que sim, é claro, o leite de certeza estava bom, e portanto eu vinha carregada com os ténis, as alheiras, o pão de Mafra e os pacotes de leite, só queria era pôr-me a andar dali para fora o mais depressa que pudesse, e ainda havia de ir, carregada que nem um burro, à procura de quem, se não vi o segurança, nem passei por ninguém ao sair?

Tenho é que deixar de ser estúpida e não pensar mais no caso, raleiras já tenho que me cheguem.

Mas não é que aquela história me tirou horas de sono e só tornei a dormir lá pelas quatro? E de manhã acordei e pensei logo naquilo, valha-me Deus que sou tão parva.

Quando lá cheguei, logo o segurança me contou:

– Pois dona Ricardina, sabe a senhora o que aconteceu?

A dona do oitavo ficou fechada no elevador, logo ela que tem claustrofobia, quando viu que não andava começou a gritar e a bater nas paredes, mas aquilo é uma caixa grossa, os andares têm portas blindadas e janelas duplas, ninguém ouviu nada.

Eu estava na hora da ronda, mas ainda ouvi e fui logo ver, o elevador estava parado no sexto piso, tinha descido dois e empancou, a madame lá dentro gritava que estava no escuro e nem via os botões. Minha senhora, disse-lhe eu, não se preocupe, o que é preciso é calma. E então ela lá encontrou a campainha do telefone e responderam-lhe do Algarve, a empresa disse que lamentava imenso, que já não estava na hora do expediente mas ia resolver o assunto quanto antes.

Mas ora, demoraram quase toda a noite, juntou-se gente do prédio, telefonaram para tudo quanto é sítio, chegaram vizinhos de outros prédios, alarmados, e encheram as escadas, a madame berrava lá dentro que nem um porco na matança, salvo seja.

Até parecia um filme, dona Ricardina, nunca vi nada assim.

Mas pelo menos as pessoas do prédio encontraram-se, uma vez na vida. A maioria nem fazia ideia de quem eram os vizinhos, nunca se tinham cruzado, é cada piso um dono e raramente alguém encontra outra pessoa. E aquilo da piscina lá em cima também é só para vista, quando muito juntam-se lá meia dúzia de miúdos, porque se fossem os moradores, ou só metade ou menos, nem sequer lá cabiam, e então acaba por não ir ninguém.

Eu cá pra mim não gosto nada de condomínios, se tivesse dinheiro escolhia outra coisa, mas todos acham que é o melhor que há, pelo menos é o que dizem por aí.

Bom, mas no fim lá veio um homem dos elevadores, detrás do sol-posto, e a senhora saiu, em braços, mais morta que viva e toda mijada até aos tornozelos, às tantas não aguentou e aliviou-se ali mesmo, coitada, o que havia ela de fazer. Pois foi assim, demoraram quase toda a noite e ela era uma pessoa rica, já pensou se fosse a senhora ou eu que lá estivesse, dona Ricardina? Nunca mais vinha ninguém, connosco não se ralavam.

Mas a madame não estava nada bem, parece que entrou em pânico e se descontrolou, começou a bater com a cabeça nas paredes até desmaiar, tiveram que a tirar e deitar na maca, ao princípio julgou-se que estava morta, veio o INEM e levaram-na de ambulância, mas agora de manhã já havia mais notícias, parece que está livre de perigo e se safou desta, sem mesmo quebrar um osso.

– Pois ainda bem, senhor Viçoso, ainda bem que me diz isso, então até logo que tenho de ir lavar a escada. Se o elevador avariar comigo lá, o senhor tenha atenção e ouça logo.

– Não há-de haver azar, dona Ricardina, o diabo não está sempre atrás da porta.

E agora aqui vou eu no elevador, com o coração um bocadinho apertado. Além das pontes e do metro também fiquei com medo dos elevadores.

E ainda estou a pensar que podia ter feito alguma coisa.

Não me sai da cabeça a mulher lá trancada toda a noite.

O que ela deve ter sofrido, coitada. E Deus manda ajudar o nosso semelhante. Pois.

Mas sempre sou muito bronca, raios me partam. Não tive culpa de nada, ora essa. Nadinha mesmo. Se ela lá ficou é porque Deus a quis deixar lá fechada e alguma razão deve ter tido para isso. Voltar atrás, carregada eu como ia? Era o que faltava.

Devia ajudar o meu semelhante? Ora, tinha de tratar da minha vida primeiro.

E aquela mulher nem era semelhante a mim. Se fosse, vivia no meu prédio ou no meu bairro.

Aí é claro que eu voltava atrás e a ajudava, mesmo que fosse carregada e com pressa.

Mas nem ia ser preciso. No meu bairro não há elevadores.

A mulher cabra e a mulher peixe

Quem é velho sabe do que fala, rapaz. Nunca ouviste que o diabo sabe muito porque é velho?

Escuta o que te digo e pira-te daqui. Não ganhes o vício de ficar aí sentado e quedo, a olhar pra ontem. Vai-te embora enquanto é tempo, em tabernas e bares não se encontra boa companhia, só há bêbados que nem eu, com a vida toda lá pra trás. Se aí ficas, a beber um copo atrás de outro, o bar agarra-te e não te deixa sair mais. O bar é pegajoso, tem ciúmes. E o vinho é uma amante, das piores.

Tivesse eu a tua idade e outro galo cantava. Que eu quando era novo não era praqui que vinha, andava mas é atrás das raparigas. Olha que o que se leva desta vida é o que a gente faz com elas, o resto pouco importa, digo-te eu. E se uma não te serve, arranja outra, que delas há muitas por aí, o mais que há neste mundo são mulheres.

Só mesmo quem é parvo chapado não encontra uma, porque nem há homens que cheguem para todas. E as que não têm andam desaustinadas à procura, se não te esconderes, logo uma chega e te encontra. Claro que te escondes, a taberna é lugar dos homens, é pra elas não te encontrarem que foges para cá. Deixa de ser parvo e vai-te embora. Estás com dor de corno? Pois deixa que ela passa, todas as dores passam, as de cotovelo e as de corno são más, mas há piores.

Digo-to eu.

Ou ainda não começaste a sério, por enquanto só vais às putas, uma vez por outra? Ainda andas por ribeiros, em vez de ires ao mar alto? Pois então vai, e pira-te daqui, fedelho, estou farto da tua cara a olhar pra mim.

Por que é que eu venho cá beber um copo? Sim, não é um copo nem dois nem três, são os que o dinheiro der, até cair pro lado. Mas isso sou eu, que sou velho e não tenho contas a dar, nem a ti nem a ninguém, os filhos também não querem saber de mim, faço o que quiser, e o mundo que se dane. Agora tu? Raios te partam, cabrão, deixa-te de merdas e põe-te a andar, madraço. Não tens trabalho? Arranja um, há sempre uma corda pra quem se quer enforcar. Nem que seja a vender cautelas ou castanhas, a varrer as ruas ou a cavar batatas. Alguma coisa encontra quem não é calão.

Ou então embarca, faz-te embarcadiço e zarpa. Também por lá se faz vida, como eu fiz.

Andei por onde? No bacalhau, que é faina dura. Sabes lá tu o que é dureza, meia-leca. Já fizeste a tropa? Foste às sortes? Pois, agora nem já tropa se faz, criam-se bardamerdas como tu, que nem pra morrer servem. Raios te partam, vida de encostado, sim, andas praí a esfregar as costas nas paredes, de boina a escorregar no olho, à espera que alguém venha ter contigo. Contrabando, droga, qualquer coisa serve.

Raios te partam, digo-te eu. Em que alhadas andas tu, filho da puta?

Beber, fumar charros, olhar pra ontem? Curtir mágoas?

Pois deixa-te andar, que te há-de servir de muito boiar ao sabor do vento. Antes te deites a afogar. Ou debaixo de um comboio. Mais vale morto que morto-vivo, digo-te eu.

O que fiz com as mulheres? Ai, serás tão imbecil que precisas que eu te explique, por miúdos? Ora, tudo o que puderes imaginar fica sabendo que eu fiz, e elas gostaram, e eu inda mais do que elas.

O que é que correu mal? E quem te disse que correu mal, idiota? Ainda não sabes que a vida é puta? Claro que a vida é puta, mas a gente não deixa de a gozar por isso.

Está na cara que histórias com mulheres acabam mal, mais coisa menos coisa, virou-se a mesa e entornou-se o caldo.

É culpa nossa que elas sejam cadelas? Umas mais do que outras, mas por isto ou aquilo acabam todas por ser filhas da mãe, digo-to eu. Mas nem por isso a gente deixa de ir a elas, pois está visto.

E olha que até fui dos que tiveram mais azar e fui mais mal servido. Mas não me arrependo de nada, não senhor.

A primeira que me saiu na rifa era mulher cabra. E a segunda peixe. Nem mais nem menos. Das duas, venha o diabo e escolha, nem sei dizer qual era pior. Mas passámos ainda assim uns bons bocados.

Não se me dá raiva de as ter tido, sempre me soube depois livrar delas. Ou esquecê-las.

Não foi fácil, elas deitam o laço, mas a gente não se deixa amarrar, a gente é homem, não? Pois está visto que sim, e homem tem mais força que mulher, inda que seja cabra.

Em matéria de força, é pior a cabra. A que trepa nos carreiros mais estreitos e corre todos os perigos para ir ter com o homem que lhe entrou na cabeça. Na cabeça e no que lhe interessa, e à cabra o que lhe interessa, interessa muito.

A cabra tem focinho esperto, e sempre alevantado, farejando. Sorve o vento e cheira-o, à procura de homem que lhe agrade. E vai ter com ele por paus e pedras, rochas e ribeiros. Pula, corre, salta. É bonita de ver, assanhada de cio, lançada contra o vento, montanha acima e abaixo, segurando-se a qualquer erva, a qualquer palha, às vezes a gente jura que ela vai cair, mas a danada aguenta-se naquelas patas finas, nos cascos muito estreitos, e finta a queda e não cai. Tem graça, aquela maldita, pode comer e retouçar o dia inteiro e não engorda, toda ela é nervo e ligeireza.

E tem força como o diabo, a danada. Experimenta amarrá-la e ela rompe a corda: puxa com o corpo até rompê-la, ou rói-a com os dentes aguçados.

Experimenta pôr-lhe uma vedação à volta, e ela salta. Ias jurar que não consegue, porque não tem espaço pra criar balanço, mas ela salta mesmo sem balanço, parece até que lhe nascem asas. A cabra não se deixa prender, nem amansar.

Aí vai ela, a mulher cabra, de saia ao vento, e a gente vê pelo balanço que a saia vai subir e levantar-se acima da cabeça, quando ela saltar, e salta sempre, a maldita.

Experimenta prendê-la, agarrá-la com as mãos, colá-la a ti, como se fosses grude. Ela esfrega-se no teu corpo e foge, feita enguia, feita areia. Desapareceu, as tuas mãos já não encontram nada. Escapou-se. Fugiu. A cabra foge sempre, não quer redil, vive na montanha, dorme ao relento, rebola-se nas ervas. Todo o chão é dela. É feita pra correr, ao vento e à chuva, ao sol e à neve. Nada lhe faz medo nem barreira.

Entra nos ribeiros e atravessa-os, molha-se na água mas depois sacode o pêlo ao sol e não tem frio, continua a andar e não escorrega nas pedras nem resvala nas escarpas. E quase nunca cai, mesmo quando escorrega e a terra lhe foge debaixo das patas. Levanta poeira mas consegue equilibrar-se e não cair, como um boneco de feira, que volta sempre ao que era, depois de levar pancada.

Por isso não adianta zurzir nela, tirar o cinto e arrear-lhe.

Ela foge, salta e, mesmo que a mates, volta a ser a mesma.

Ainda que morra, encarna noutra cabra. Cabra nasce cabra e morre cabra. Não podes fazer nada a não ser saltar-lhe para cima, mas atenção, nunca te deixes enfeitiçar por ela, finge que não lhe ligas inda que ela te endoideça, aceita-a como ela é e goza-a o mais que possas e, quando não aguentares mais viver com ela, fecha-lhe a porta com força no focinho.

Ela volta, e, se não abrires, continua a marrar e a balir, mas depois vai-se embora, de repente. É cabra demais para se humildar.

Não, a cabra não tem humildade nem vergonha. É mesmo assim, sempre com cio, mesmo fora de época. Não lhe basta ter cabritos, logo os esquece e parte para outra. E o seu leite é escasso, muito mais escasso que o da ovelha, mas é pura delícia, talvez por ser tão escasso. Tem um sabor mais concentrado, um travo ácido, um cheiro a campo orvalhado.

Queijo de cabra é o melhor que há. Mas é sempre pequeno para a tua fome. E não te apetece comê-lo com pão, queres comê-lo assim, queijo com queijo, com todo aquele sabor a campo aberto, a caminho ousado.

A cabra é fina como uma doninha. Já viste como a cara da ovelha é estúpida, aparvalhada? Mas a da cabra é rebelde e esperta, esguia como o seu corpo, que nunca é anafado, como o das ovelhas. A cabra é inteligente como um homem.

Por isso é tão perigosa. Esquiva, fugidia. A cabra é bicho bravo. Mesmo quando parece amansada e vem quando a chamares, é tudo fingimento. A cabra está sempre de passagem.

Pois eu dei com uma mulher cabra. Era mulher até aos ossos quando estava contigo, era mulher pra ti da cabeça aos pés, e tu não querias outra, tinhas tudo naquela, e era tão bom que nem querias filhos, queria-la a ela, e só ela chegava. Mas não era mulher só contigo, era mulher com todos. Pelo menos com todos os que lhe agradassem.

Tivemos cenas de fúria, de raiva, de loucura, dei-lhe porrada grossa, tentei prendê-la e nunca consegui. Mas tirei dela todo o prazer que pude, até que não a aguentei mais e lhe fechei a porta. Ela marrou e baliu, como te disse, mas depois voltou-me o rabo e foi-se embora.

Nunca mais a vi, foi para outras bandas. Também nunca mais a procurei.

Ou antes, procurei, porque um homem é doido varrido algumas vezes, mas procurei com cautelas, sem ela saber, e a verdade é que nunca mais a achei. Levou sumiço.

Andei por aí um bocado aos solavancos, até que a encomendei ao diabo e fugi correndo para outras bandas.

Foi nessa altura que andei embarcado, lá pelos mares do Norte, e nem te conto as angústias que passei.

Até que me fartei do mar e me fiz lavrador, juntei quatro paredes de uma casa e pus-me a cavar a terra. Ganhei o gosto de me sentar ao pé do lume, ao fim do dia. E dei comigo a pensar outra vez em mulher, e desta vez também em filhos.

Mas, quando deparei com outra, saiu-me mulher peixe.

Como se o mar se aporrinhasse por eu o abandonar e me mandasse um castigo.

Por que digo que era mulher peixe?

Porque fazia gosto demais em olhar as ondas, horas esquecidas. Olhava-as da janela, sem se mexer nem falar. Parecia enfeitiçada. Como se ouvisse um chamado e desejasse, como a anterior, ir-se embora, mas de outra maneira. Se bem que não tivesse nada a ver com a cabra, posso até garantir que em muitas coisas era o contrário dela. Era mulher de casa, sossegada, mulher fiel, e agora também mãe de filhos.

Cumpria bem as tarefas, a casa estava limpa, ela cozia o pão e cozinhava, e era bonita e cuidava dos filhos e diziam que me trazia também a mim bem cuidado, tinha sempre a roupa lavada e dobrada na gaveta.

Era menos mulher que a outra? Talvez não. Eram diferentes. Não, ela não era fria na cama, era mulher também, mas de outro modo. Era triste, isso sim, trazia uma grande tristeza dentro dela. Parecia que não estava ali, mas noutro lado, e também ela em sonhos me fugia. Para o mar.

Na verdade nunca atinei o que lhe passava na cabeça quando ficava assim parada, a olhar as ondas. A única resposta que encontrava era bruxedo. Mas não sou homem de crer em bruxarias, são cismas de velhas doidas. Tristeza, sim, podia ser. Mas ela não tinha razão para tristezas, eu aturava-a bem e quase nunca lhe batia. Quase nunca. Eu já nem sei porquê.

Por vezes acordava de noite, quando o mar estalava mais bravo, e sentia que ela também estava acordada, a ouvi-lo.

Talvez eu me sobressaltasse porque ela o ouvia com tanta força que não me deixava dormir. O mar chamava-a, pensei com terror, a primeira vez que isso me ocorreu. O mar chamava-a. E um dia ela iria ao seu encontro. Por ele deixaria tudo. A casa, os filhos, eu.

Mas não, oh não. Estaria eu louco? Não havia razão para ter medo, só porque às vezes ela ficava, esquecida de tudo, a olhar o mar.

Mas uma noite, sem ninguém dar conta, foi isso mesmo o que ela fez. Deitou-se a afogar, entrou pelo mar dentro e ninguém mais a viu, até depois o corpo dar à costa.

Pois, pior não podia ter sido, rapaz, mas olha que não te vai acontecer o mesmo. As coisas não se repetem assim tanto e, quando o mal já saiu a um, não vai sair igual logo a outro, pelo menos na mesma terra.

Portanto a ti não te vai calhar nada disto, faz-te à vida e pira-te daqui, que estar praí a beber não leva a nada. Segue mas é o teu caminho, entra na roda e goza o que te sair na rifa. A vida é um jogo do bicho, dizia o meu avô que andou lá no Brasil e jogava, e de mulheres sabia tudo, das de lá e das de cá. E não teve má sorte, não senhor.

Mas eu, que passei por tudo o que há de mau, ainda aqui estou. E continuo a dizer-te que o que se leva da vida é o que a gente faz com as mulheres, o resto é nada. Quando se chega à minha idade é que se vê o que valeu a pena.

O quê? Já te disse tudo, caralho: sou um gajo a quem saiu o pior do mundo, e resistiu. E gozou muito.

Pior ainda do que a mim? O quê, filho de um corno?

Uma mulher ao mesmo tempo cabra e peixe? Ah, cabrão, és doido ou quê? Mulher cabra e peixe ao mesmo tempo é coisa que não há. Deixa-me rir, filho da puta, tu de mulheres inda não sabes nada. Estás borrado de medo, é o que te digo.

Faz-te à vida, merdolas, sai daqui enquanto é tempo. Faz o teu jogo. A sorte anda contigo, sacana, eu bem a vejo, não sejas asno e não a deites fora. Mulher cabra e peixe não há, e não vais encontrar cabra nem peixe que nem eu, tens cara de boa estrela, de quem nasceu de cu pro ar. Pois fica sabendo, canalha, os malandros como tu safam-se bem, e até aposto que te vai sair na rifa um animal ao teu jeito.

Também pode ser que queiras afinal um homem. Mas ora porra, não há mal nenhum se antes quiseres um homem, nos dias de hoje é disso o que mais há. Um bom sítio para os achares é nos navios, aí está mais uma razão pra te fazeres ao mar.

Escolhas lá o que escolheres, mulher ou homem, poisa mas é o copo e vai-te embora. Boa sorte. E não te atrevas a voltar, fedelho, se te vir cá outra vez rebento-te uma garrafa nos cornos e ponho-te lá fora, com um pontapé nos tomates que te dano.

Maneiras de hoje

A dedicatória

Pois como a senhora há-de ter reparado, deixei passar toda a gente, fiquei para trás de propósito. Fui-me pondo de lado, nem estava nem deixava de estar na bicha, até ser o último da fila. Já nem sei como se deve dizer, agora diz-se muito fila. Deve ser das novelas, vem-nos logo à cabeça que bicha é palavra feia.

Mas eu queria falar de outra coisa muito diferente, provavelmente vai parecer-lhe absurda. Foi por isso que fiquei para o fim, prefiro que não haja pessoas a ouvir, se bem que não é nada do outro mundo, estas coisas agora são o pão nosso de cada dia. Antes não fossem.

Bom, é só isto: Queria pedir-lhe uma dedicatória, mas não exactamente igual às outras - a senhora já fez hoje mais de quantas, deve estar com um calo nos dedos, de pegar na caneta. Só usa a caneta em ocasiões destas, julgo eu, habitualmente deve escrever no computador, como toda a gente. Eu já não era capaz de viver sem o computador, é a minha companhia. O computador e a televisão.

Mas queria falar-lhe da dedicatória. Embora tenha um fraco pelo computador. É quase uma pessoa, não acha, ele responde, entende, repara se o que fazemos está certo ou errado, cumpre ordens, faz perguntas, liga-nos ao mundo - se bem que a mim o mundo me interessa pouco - e é esperto, até mais esperto do que nós. E tem sentido de humor, o sacana, ainda há pouco estava eu a jogar contra ele pela noite adiante, fico sempre a jogar pela noite adiante, ele estava-me a ganhar há várias horas, até parecia que me fintava, aí eu perdi a cabeça e mandei-o à merda, desculpe mas foi a palavra, e sabe o que ele respondeu? Não posso ir nessa direcção. Tal e qual, com todas as letras. É uma resposta que não lembra ao diabo. Desatei a rir e ele desarmou-me a raiva, diga lá a senhora se alguém se lembraria de uma resposta destas, na ponta da língua , no momento exacto. Ganhou-me outra vez, está visto, e eu disse-lhe: Marca lá dois tentos, pá, sabes mais do que te ensinei.

Um tipo destes nem lhe falta falar, já nasceu ensinado. Aos animais a gente ensina, tive um papagaio.

Mas a senhora está com pressa e não se deve interessar por papagaios, desculpe eu falar tanto, sei que às vezes falo demais, estou um bocadinho nervoso com o que vou pedir-lhe, mas acredito que me vai entender, a senhora entende bastante bem o ser humano, é por isso que gosto dos seus livros. Do que gosto mais é dos guarda-chuvas com a mulher ao fundo e do cavalo ao sol.

Às vezes admiro-me como é que lhe vêm tantas coisas à cabeça, mas descanse que não lhe vou perguntar, porque não há tempo. A mim também me vêm muitas coisas à cabeça, só que não as sei escrever. Já experimentei, mas depois desisto, não tenho paciência. Ou talvez não tenha vocação.

Embora a minha vida desse um romance. Ou um filme. Vejo-a até melhor como um filme:

Começa com uma porta a bater e uma mulher que se vai embora. É uma mulher muito bonita, embora já não se possa ver, porque está do outro lado da porta. Levou uma mala com roupa e foi-se embora. Só com a roupa dela, não levou nada meu. Nem dinheiro, nem nada. Só o que era dela. Mas isso eu só vi depois, na altura não vi nada, atirei-me contra a porta, mas ela já lá não estava.

Não a vi ir-se embora, ela foi quando eu tinha saído. Quando cheguei achei a casa vazia.

Mas vejo-a sempre sair e fechar a porta atrás de si. Mesmo quando fecho os olhos continuo a vê-la, é como a cena de um filme: Ela pega na mala, abre a porta e vai-se embora.

E é então que penso: Não pode ter sido só assim, a cena começa mais atrás.

Primeiro, ela teve de fazer a mala, e, para isso, de abrir gavetas e armários, e ir tirando a roupa. Pode ter tirado e dobrado as peças, ou tê-las arrancado do armário penduradas nas cruzetas. A senhora já viu cenas destas em filmes, tenho a certeza.

Reparou que nos filmes metem sempre na mala a roupa pendurada nas cruzetas? Não faz sentido, porque ocupa muito mais espaço, mas não é o espaço que aflige as pessoas, é a pressa, têm sempre muita pressa de se ir embora. Por isso nunca vemos o que tiram dos armários, para além do vulto confuso de fatos e vestidos- só quando reconstituimos, depois, vemos que deveriam levar também roupa interior, sapatos, cintos, artigos de toilette, miudezas. No momento não pensam, mas não acha que podiam depois voltar atrás, para levar o que esqueceram? Como eu disse: lenços, perfumes, miudezas. Podiam voltar buscá-las mas não voltam, saem a correr, às vezes nem fecham a mala, metade das coisas caem no caminho.

No entanto- lembra-se disso?- há ocasiões em que olham para trás ainda um instante, antes de fechar a porta. Só um segundo. Mas é diferente terem, ou não, olhado para trás, não lhe parece? Faz mesmo toda a diferença.

Também há ocasiões em que as pessoas deixam mensagens, uma carta, ou mesmo só um papel rabiscado à pressa. Como quando se matam. Há uma espécie de morte nestas cenas, não concorda? Morte para quem vai ou para quem fica, ou em ambos os casos.

Mas ela não se matou. Mudou apenas de vida, de apartamento, de rua, de homem, claro que havia outro homem na história. Foi ele que me lembrei de matar primeiro. Ou a mim. Nunca pensei em matá-la a ela. Acho que ele foi mais esperto do que eu, que não dava conta – ou talvez ela fingisse bem, pelo menos durante algum tempo.

Também isso me lembra os filmes – ela a representar um papel, a fingir que não havia mais ninguém – e depois as grandes cenas de lágrimas e gritos e a gente no meio do quarto a pensar que aquilo não podia estar a acontecer connosco, que acontecia com outras pessoas, num filme.

Há momentos de que não me lembro. Espaços em branco.

Como se uma tesoura cortasse o celulóide e depois alguém colasse os pedaços, deitando fora outros. Pedaços que duram segundos, minutos. Tudo somado, há muito tempo deitado fora no filme que vejo sempre. Se pudesse recuperava os pedaços – aqui ela a chorar, atirada para cima da cama, ou eu a atirá-la, não sei – vejo sempre um braço, uma cabeça sobre a colcha da cama, os cabelos espalhados, a almofada caída, as mãos dela agarrando as minhas, que tinham mais força que as dela.

Mas há pedaços que não aconteceram. Eu podia tê-la matado, mas não lhe toquei. Desatei a chorar como ela. Há sequências que podiam lá estar e não estão.

Agora passa-me pela cabeça como era fácil terem acontecido: eu podia ter-lhe posto as mãos em volta do pescoço, apertado um pouco, julgando que era só um pouco. Podia. A senhora não imagina, ou por outra, penso que a senhora pode imaginar como é pequena a distância entre o que acontece e o que não acontece. Entre matar alguém e não matar. Todos podemos, alguma vez, matar alguém. Basta só mais um pequeno passo, um pequeno gesto e acontece, sabe? É verdade que eu estive muito perto.

Imagino essas cenas, como se tirasse fitas de celulóide de um caixote de desperdícios. Mas sei que não aconteceram. Ela continua viva, bonita como sempre, talvez até mais do que antes. Às vezes vejo-a, ela é que não me vê, não olha para os lados, caminha depressa na rua, como se estivesse atrasada.

Nos dias em que a vejo não consigo dormir. Há outros bocados de filme que me vêm à cabeça, guardo-os na memória com muito cuidado para não os perder, ela a pôr fatias de pão e um pacote de leite na mesa, a travar o despertador que começou a tocar, a abrir-me a porta quando chego à noite, bocados de filme que vejo vezes sem conta, cenas mínimas, por vezes desconexas, que tento manusear com jeito, projectar com uma lâmpada não demasiado forte, para não correr o risco de se incendiarem, prefiro ver essas cenas em tom quase sépia, esbatidas, cenas de sexo prefiro não pensar embora também me venham à cabeça, sobretudo quando sonho com ela, e sonho muitas vezes com ela, às vezes penso o que lhe diria se lhe escrevesse uma carta, já tentei escrever-lhe mas desisto sempre, uma noite sonhei que ela me mandava um video, mas talvez não seja sonho, deve ser uma cena de um filme que vi algures, chego a casa e ela não está, depois reparo que há um video no gravador, vejo a cara dela de todo o tamanho do ecran e no ecran ela diz-me que se vai embora, tem uma camisola azul e uma correntinha de ouro ao pescoço e no pulso uma argola que me parece de prata, fixo com todo o pormenor os adereços para não ouvir as palavras, está tudo no lugar, penso, a corrente de ouro, a argola de prata, a camisola azul, o reflexo de luz no cabelo, a face lisa brilhando, está tudo certo no ecran e não ouço as palavras, penso apenas amo-te, és tão bonita, começam a vir-me à ideia palavras muito gastas, não posso viver sem ti, a minha vida acabou, volta para mim, não aguento mais - e é então que a ouço dizer que se vai embora, apago o video e a cara dela desaparece no ecran, arrumo a cassete na estante e penso que é um pedaço de celulóide, só isso, um papel que ela representa bem, é verdade que teria jeito para actriz, no próximo filme pode fazer um papel diferente, mas sei que nunca irei vê-la como a má da fita.

Talvez a senhora não acredite se lhe disser que fiz cópias de todos os filmes dela, quero dizer, de todos os filminhos de amador que fiz com ela. Sim, também tenho a minha pequena máquina de filmar, provavelmente é por isso que penso tanto nas coisas como se fossem filmes. Se lhe fosse falar dos meus filmes, ficava aqui a noite inteira. Podem não ser bons, mas são quase toda a minha vida. Ou eram, antes de ela se ir embora. Mas sossegue que não vou falar.

Só lhe quero dizer isto: Guardei os originais dos filmes e diverti-me a transformar as cópias. Cortei, colei, mudei – ela era a estrela, a personagem, e eu o realizador, o cameramen, o produtor, o público – ambos tínhamos todos os papéis.

É fantástico o que se pode fazer com o celulóide, descobri: o tempo andava para diante e para trás, aqui era ontem e depois anos antes, quando a conheci, aqui ela andava de bicicleta, nadava no mar, vinha a correr ao meu encontro, com um pequeno gesto eu fazia a bicicleta andar para trás ou parava-a de repente, ou repetia até ao infinito a sequência em que ela corria ao meu encontro – ela nunca acabaria de correr ao meu encontro, se eu quisesse.

Foi assim que descobri como a gente tem poder sobre as coisas, manipulando-as, deve ser assim que se fazem os filmes verdadeiros e os livros, os livros são uma espécie de filmes, a senhora não acha, só que têm ainda mais poder, porque desde sempre houve palavras mágicas, e ainda não há imagens mágicas.

E aí é que eu vi a diferença entre saber fazer e não saber, eu manipulava os filmes e as coisas aconteciam ao contrário, a bicicleta corria para trás, mas nada do que eu fizesse podia trazer aquela mulher de volta.

Então lembrei-me: eu não posso, mas a senhora pode. Por isso lhe vim pedir uma dedicatória, aí nesse seu livro, para lhe oferecer a ela. Pedindo-lhe que volte.

Claro que a senhora pode, como é que não. Com a data de hoje bem visível – porque faz hoje precisamente um ano que ela se foi embora.

Eu sei que é tarde e que a senhora está cansada, mas por favor não arranje desculpas e escreva, não faz mal nenhum se não couber aí, já calculava que me ia dizer isso e trouxe mais folhas de papel, uma dedicatória não precisa de caber toda na página de um livro, se não couber que importância tem, o que importa é que ela volte.

E se não voltar, diz a senhora, pelo amor de Deus não vamos pensar isso, como é que ela pode não voltar, se não voltar é porque a senhora não lhe soube dizer quanto eu a quero e escreveu a dedicatória errada.

Mas isso não vai acontecer, tenho a certeza, a senhora vai fazer um esforço e escrever certo. Não vai?

Quatro crianças, dois cães e pássaros

É verdade que pus esse anúncio no jornal. Alguém que gostasse de crianças e estivesse disposto a cuidar dos animais. Cães e pássaros, nem toda a gente gosta de cães e pássaros. Embora talvez fosse mais difícil arranjar alguém para cuidar de tartarugas ou peixes. Ou pássaros grandes, como araras. Deixam sempre morrer as tartarugas, dão comida demais aos peixes e assustam-se com os gritos das araras. De modo que talvez eu não tivesse razão para me preocupar tanto. Afinal de contas cães e pássaros pequenos são animais muito comuns, que ninguém se espanta de encontrar na maioria das casas.

Mas eu estava muito cansada nessa altura, não tinha tempo de cuidar de nada, tudo se avolumava na minha cabeça como se fosse rebentá-la. Qualquer coisa, mesmo cães e pássaros, me parecia enorme e me esmagava.

Como se estivesse a viver um pesadelo. No escritório o trabalho era de loucos, saía sempre depois da hora e às vezes ainda escrevia cartas, mandava e-mails e fazia telefonemas em casa, sempre com uma horrível sensação de não conseguir fazer o principal. A mulher-a-dias saía antes de eu chegar, deixando as coisas apenas meio feitas, e a hora do jantar e dos banhos era um inferno, sem falar dos trabalhos de casa das crianças, que atropelavam os meus, ou dos meus, que também não deviam existir mas existiam, e atropelavam os delas. E no fim de tudo ainda era preciso dar comida ao cão, levá-lo à rua e limpar a gaiola dos pássaros.

Claro que o Carlos não fazia nenhuma dessas coisas, embora me acusasse de trabalhar demais. Na verdade ele levava a mal que eu trabalhasse tanto, como se lhe fizesse uma ofensa pessoal. Não têm conta as vezes em que me arrependi de ter cedido às crianças e comprado os animais. E não menos vezes me arrependi de ter tido as crianças. Embora não o dissesse.

De qualquer modo, o que estava feito estava feito, e agora eu tinha era que andar em frente e cuidar de tudo.

Até que um dia me enfureci, disse a mim mesma: basta! e decidi que ia arranjar uma empregada interna.

Afectiva, disse em tom compreensivo a porteira, a quem falei de uma efectiva.

Pois, respondi. O mais depressa possível. Para hoje. Para ontem.

Porque amanhã vou estar morta, pensei ligando o motor do carro e arrancando. Amanhã vou estar morta.

Mas os dias passavam e ninguém aparecia. Então pus o anúncio. O que mais me assustava eram os animais. Qualquer candidata voltaria com a palavra atrás quando lhe dissesse à queima-roupa, depois de tudo acordado e assente: Ah, e temos também dois cães e pássaros.

Aí, todas se iriam embora. Tinha a certeza. Quatro crianças já bastavam. Quatro crianças, mesmo sem os animais, desencorajavam o mais afoito. Qualquer pessoa normal se manteria à distância.

Por isso decidi ser frontal e avisar logo no anúncio. Quem respondesse saberia ao que vinha, e não teria surpresas. Nem eu.

Mas de facto tive uma surpresa. Depois de telefonemas estúpidos e candidatas improváveis, ouvi de repente ao telefone uma voz desembaraçada e tranquila. Com sentido de humor, até, lembro-me de que houve qualquer coisa que dissémos equivocada ou trocada, e ela riu do lado de lá, como se tudo aquilo fosse divertido.

E quando chegou, nessa mesma tarde, confirmei o que a voz me anunciara: parecia uma criatura eficiente e segura. E também alegre. Gostava de crianças e davase bem com os cães e os pássaros. Fazia tudo, eu podia dispensar a mulher-a-dias e finalmente descansar um pouco. Respirei fundo. Estava tão cansada, naquela época.

Acho que foi assim que as coisas se passaram. Adormeci, estendida no sofá.

Dormi semanas, meses. Acordava e ia para o escritório, ou nem acordava, dormia dia e noite, de olhos abertos. Voltava e tornava a adormecer, sentada no sofá.

A tal ponto estava cansada que as coisas se passavam longe e eram vagas. Lembro-me por exemplo de ouvir a rapariga cantar, de ouvir rir as crianças. De pensar que a casa estava limpa, e finalmente em ordem. De ouvir os meus filhos a fazerem os trabalhos de casa na cozinha, de um deles perguntar: quantos são sete vezes quatro? E de a rapariga responder: vinte e oito, de o meu filho repetir: vinte e oito e de eu pensar que esse era o número dos anos dela: vinte e oito.

E depois outro filho meu começou a ler em voz alta e eu adormeci sem deixar de ouvi-lo. Era um sono tão invencível que cobria tudo. Ao mesmo tempo eu estava acordada e dormia.

Ouvia as patas leves dos cães, o roncar do motor do frigorífico, a torneira pingando, uma cadeira arrastada. Pela porta entreaberta vi o meu filho mais novo trepar para cima de uma cadeira, na cozinha, pensei que ele ia cair mas não me mexi para socorrê-lo; vi a criança empoleirar-se, estender as mãos sobre o lavalouça, abrir a torneira, apertar a palma da mão contra a torneira, vi a água sair dos lados em jactos finos, molhando a cara e a roupa da criança, que não parecia importar-se e ria e se punha nas pontas dos pés para chegar melhor à torneira. Até que a cadeira se desequilibrou com estrondo e ela caiu.

Um choro, uma voz persuasiva, quente – já passou, já passou. A criança levantada do chão, com beijos secando as lágrimas, aconchegada contra o vulto esguio da rapariga. O avental muito justo, em torno da cintura.

Outra vez o som da torneira, ping ping, na água do lava-louça.

Um dos cães chega perto de mim e fareja-me. Verificando se não estou morta, penso. Tenho um braço caído, quase a tocar no chão, e não me mexo. O outro cão aproxima-se também a correr. Alguém os chama, em voz baixa, os prende pela trela e se afasta com eles impondo silêncio: sch... sch...

Vão levá-los à rua, penso. Desaparecem, por algum tempo, os cães e as crianças. A porta bate, o som do elevador arrancando.

O sofá cheira a cão. Ouço lá dentro o piar dos pássaros. É o fim da tarde, ou o princípio da noite. Carlos vai chegar, penso, mas não consigo mover-me. Está ainda calor, apesar de ser Outono.

Passou tempo e agora há outra vez passos e ruído em volta. Uma criança vem junto de mim e beija-me na face. Põe os braços em volta do meu pescoço, sei que é o meu filho mais novo. Mãe, diz, mãe. Sacode-me, mas continuo a dormir.

Ele afasta-se, finalmente, vai buscar um livro, senta-se no tapete e começa a rasgar as folhas. Pega num copo, vai buscar água à cozinha, põe o copo na mesa em frente do sofá, ajoelha-se no chão, estende a mão para o copo e entorna-o. Penso que a mesa vai ficar manchada, porque a água escorre para a madeira, debaixo do tampo de vidro. O Carlos vai-se irritar quando der conta, penso.

Mas o Carlos chega e não se irrita, nem sequer dá conta. Faz muito barulho com os filhos, levanta-os no ar e abraça-os. Há risos, jogos que me parecem de cabracega, ou de escondidas, portas abrindo e batendo.

Agora as crianças fazem os deveres no quarto e ele entra sem ruído na cozinha, aperta contra si o vulto da rapariga e beijam-se na boca.

E depois dão as mãos e vão-se embora. Fizeram as malas, vestiram os casacos, porque agora é Inverno, vestiram às crianças os anoraks, sem esquecer as luvas de lã e os gorros na cabeça. Beijam-se outra vez, furtivamente, na boca, fechando a porta, e vão-se embora sem ruído, em bicos de pés, levando os dois cães presos na mesma trela e a gaiola dos pássaros na mão.

Big Brother Isn't Watching You

Matámos a Tânia porque não fazia falta, era muito bronca e parada, via-se logo que nunca ia fazer nada na vida. Foi por isso que pensámos nela. Podia ter sido a Elizabeth, a Carina ou Vanessa. Mas a Elizabeth jogava bem ao volley, a Carina pagava-nos cervejas e a Vanessa tinha namorado. A Tânia era a melhor para ser morta porque não andava no mundo a fazer nada.

Foi só por isso que a escolhemos, não havia nenhuma razão especial, nem tinhamos nada de pessoal contra ela. Podia ter sido outra qualquer. Calhou ser ela. Só isso.

A Germana ainda disse que nos podiam pôr numa casa de correcção ou irmos para tribunal, mas a Celeste disse que da casa de correcção a gente também fugia e quanto a tribunal que se lixasse.

Isso foi da primeira vez que tocámos no assunto, mas não era a sério, estávamos só a dizer coisas da boca para fora. Na verdade nessa altura não tinhamos intenção de matar a Tânia. Estávamos só a pensar como seria se a matássemos. Podíamos ter falado de outras coisas, se não estivéssemos fartas de falar sempre do mesmo. Do pai da Andreia, que se tinha enfiado nela, do irmão da Débora que ia de manhã para a metadona e depois ficava todo o dia em casa a fumar e a ver televisão, da mãe da Sheila que esvaziava as garrafas de aguardente e as escondia debaixo da cama e quando a Sheila chegava lhe batia.

Ou da minha avó, que não se dava com a minha mãe, embora tivesse que viver connosco porque não tinha casa, e gritava com a minha mãe e a minha mãe batia-lhe e era todos os dias a mesma coisa, além do caminho casa-escola e escola-casa. Ou da mãe da Germana que estava sempre a tentar sair da droga e quando saía voltava, e do pai que andava sempre a cair de bêbado e tinha sido despedido há dois anos e nunca mais arranjava outro emprego.

Ou do pai da Celeste que passava os dias no computador e nunca falava, e da mãe que vagueava pela casa e nunca ouvia o que lhe perguntavam. Da casa da Celeste, que ficava num bairro caro e tinha tudo o que se podia desejar, frigorífico, vídeo, gravador, um carro novo na garagem e garrafas de champanhe na despensa. Podíamos ter-lhe chamado novamente estúpida por não aproveitar o que tinha, mas já nem valia a pena repetir isso outra vez, a Celeste encolhia sempre os ombros e dizia que se aborrecia de morte como nós.

Ou podíamos ter falado da escola e gozar com a aflição que a gente tinha dantes, por não passar, porque agora a gente ria-se mas é da escola, e tanto se nos dava passar ou não, eram tudo balelas o que lá se aprendia, que se fodessem o 25 de Abril e *Os Lusíadas*, a gente tinha mais em que pensar.

A gente tinha era que viver e não estava a viver nada, era tudo muito chato e sempre igual. A única coisa diferente era a droga e a gente achava que também iria entrar nessa, mas por enquanto ainda não, só uns charros para passar o tempo, porque havia também muita chatice na droga, se bem que agora já tudo era mais fácil, porque a sociedade tinha passado a ser menos repressiva e mais livre, com salas de chuto e tudo o mais, mas tirando esse progresso tudo na vida era uma chatice e a gente não tinha aonde se agarrar.

No entanto algumas pessoas tinham vidas boas. Bastava ver as revistas: mulheres de vestidos até aos pés, artistas de cinema, banquetes e desfiles de moda, raparigas lindíssimas de biquini e saltos de dez centímetros a ser beijadas por homens bronzeados, de tronco nu, à beira de piscinas com água transparente e fundo azul.

Há dois anos a Adelaide sonhava ser modelo e a Ruth em ser miss. Nessa altura só tinhamos doze anos e não percebíamos nada do mundo, achávamos que bastava sermos bonitas e magras e estarmos prontas para ser fotografadas a sorrir. Na altura colávamos na parede fotografias dos modelos e imitavamos as poses. Eu fazia caras e gestos, a Celeste desabotoava a blusa e punha o peito para fora, a Germana levava as mãos diante dos olhos, como se fosse uma máquina, e fingia que disparava.

Conseguimos ficar magras porque não comíamos pão nem açúcar e bebíamos vinagre ao pequeno almoço, e quando não aguentámos mais pedimos ao tio da Adelaide que nos tirasse fotografias. Não ficaram mal, achámos até que podíamos ter chances. Então o Zeferino falou-nos de um concurso que ia haver na televisão, para entrar numa novela, tinham anunciado à noite, depois do noticiário, ficámos loucas e fomos confirmar, era tudo verdade e mandámos as fotografias, mas não fomos escolhidas. Depois disseram que tinham aparecido dez mil a concorrer. A Ruth chorou e a Adelaide não comeu a semana inteira, como era possível conseguir alguma vez qualquer coisa se se tinha sempre de lutar contra dez mil. Como se ia conseguir alguma vez ser a mais bonita, a mais esperta, a mais sorridente, a mais magra, a mais simpática, a mais sexy, a de saltos mais altos e peito mais levantado no biquini, ou todas essas coisas juntas. A vida era muito difícil e o melhor mesmo era desistir logo de tudo, disse a Ruth.

Então o Zeferino falou-lhes do negócios dos filmes, era só despir-se e fingir umas cenas e ser fotografado ou filmado, não custava nada e ganhava-se do bom e do melhor e podia ser um começo de carreira, depois ficava-se conhecido e podia-se logo ser actriz. Eu e a Germana também quisemos ir, mais a Celeste, mas o Zeferino escolheu a Ruth e a Adelaide porque eram mais bonitas e nós ficámos cheias de raiva. Mas isso foi há dois anos e não nos parece que elas tenham dado em grande coisa, deixaram de nos falar e dão-se grandes ares, mas andam cheias de olheiras e parecem velhas e quem subiu de vida foi o Zeferino que até comprou um carro.

O que interessa é ter sorte. Pode-se gamar uma loja e arrecadar para o resto da vida sem ser apanhado, ou ganhar na lotaria. Ou ir à televisão, e ganhar cem mil numa noite. É só ter sorte. Ninguém sabe responder às perguntas que lá fazem, responde-se ao calhas e às vezes ganha-se. Ou pode-se entrar noutro jogo, na televisão: empurrar uma roda gigante e acertar num número. Mas ser escolhido para entrar no jogo também é uma questão de sorte.

A madrinha da Arlete ouve todas as manhãs o programa da mala. O telefone toca e alguém diz: Daqui fala a rádio, quanto dinheiro tem a mala? Quem acertar ganha. À madrinha da Arlete nunca telefonaram. No entanto ela passe as manhãs a ouvir, para se manter informada. Porque se um dia lhe perguntarem, a vida dela muda. Por isso não desiste de ligar o rádio.

Melhor ainda que a rádio é a televisão. Um telefonema da televisão pode mudar a vida a qualquer um. Dizerem por exemplo: você vem ao concurso.

Aí já se tem tudo pago, é só andar em frente. Os da televisão têm cabeleireiro, maquilhadores, dizem que até adiantam o dinheiro para comprar um fato para se ir ao programa. Se não, qualquer vizinho empresta. Para aparecer bem na televisão não se regateia preço. Todos sabem que se fica rico e a quem é rico ninguém recusa nada.

Os da televisão têm cabeleireiro, maquilhadores, manicures, dizem que até dão o dinheiro para comprar roupa para se ir ao programa. E as lojas também oferecem tudo a quem lá vai. Se não, qualquer vizinho empresta. Para parecer bem na televisão não se regateia preço. Todos sabem que depois se fica rico e a quem é rico ninguém recusa nada.

Quem aparecia na televisão estava safo, dissémos. Os que lá andavam sempre nunca eram apanhados nem iam para a prisão, mesmo quando cometiam crimes e lhes punham processos. Arranjavam sempre modo de escapar, toda a gente sabia.

Foi por isso que não nos preocupámos quando a Germana falou em casa de correcção e tribunal. Até porque não estávamos a falar a sério em matar a Tânia, pensávamos nisso como se estivéssemos sentadas num sofá, a olhar para um écran. Víamos tudo muito claro, mas depois era como se bastasse carregar num botão para as coisas voltarem a ser como antes. Ela estar viva ou morta dependia de carregar num botão. Não era verdade, mas pensávamos como seria se fosse:

Punham fotografias nossas nos jornais, íamos aparecer nos noticiários e ser entrevistadas e estar nas bancas, nas capas das revistas, e escreviam livros sobre nós. Nunca nos havia de faltar emprego, de resto nem precisávamos de emprego porque se ganhava muito dinheiro só com ir à televisão e ser fotografado e fazer declarações e falar.

Matar a Tânia não ia ser difícil, era só escolher a melhor maneira. Íamos por exemplo apanhar o metro com ela e empurrávamo-la numa estação, um segundo antes de passar o comboio. Ou deitávamo-la abaixo da janela da casa da Vanessa, que vivia num prédio de doze andares. Dissemos.

Mas no metro havia o risco de não se saber que tínhamos sido nós a empurrá-la, podia pôr-se a hipótese de suicídio, todos os dias aconteciam coisas dessas. Com toda aquela gente apinhada nas plataformas, era difícil haver testemunhas a ver-nos empurrá-la. Na janela da Vanessa, havia o inconveniente de ela também querer participar, uma vez que emprestava a casa. Mas quatro pessoas era demais para nos darem atenção suficiente, três era o máximo para este tipo de coisa. Pelo menos foi o que pensámos.

Então lembrámo-nos do envenenamento. Veio-nos à cabeça várias vezes, pusemos a ideia de parte mas depois ela voltava, e a certa altura o dia-a-dia parecia-nos distante, a minha avó, a mãe da Celeste, o pai da Germana passavam por nós de fugida, sem peso, como se também eles fossem imagens num ecrã. Olhávamo-los sem os ver, deixámos de ligar ao quotidiano, estávamos ligadas a outra coisa.

Veneno de ratos, pensámos primeiro. Mas devia ter um sabor tão mau que a Tânia dava conta. Então pensámos em comprimidos para dormir. Bastava ir roubando alguns das embalagens, até juntar uns cinquenta. Toda a gente tomava – o pai da Germana, a minha avó, o meu tio Arlindo, o pai da Celeste, a mãe da Adelaide. Fomos tirando aos poucos, agora um e depois outro. Não era difícil. Não era mesmo nada difícil, verificámos. Em poucos dias tínhamos um frasco quase cheio.

E depois era só dissolvê-los e metê-los numa garrafa de leite com chocolate. Não se ia notar alteração no sabor.

Também era fácil fazê-la engolir o chocolate. De certeza que sim.

Era mesmo tão fácil que quase não demos conta de ter acontecido. Aconteceu, simplesmente. Sem percalços, exactamente como tínhamos pensado.

Fizemos uns dias antes uma espécie de ensaio. Convidámos a Tânia para vir passear connosco, ela aceitou logo, porque nunca ninguém a convidava para nada. Estava contente e não desconfiou de coisa nenhuma, como podia desconfiar? Fomos caminhando por uns campos vagos, não muito longe da escola, um bom pedaço antes dos prédios que andam a construir. Não nos aproximámos dos prédios, embora quando saímos da escola já lá não houvesse operários, estava tudo sossegado, não se ouvia o barulho das máquinas.

A Tânia sentou-se numa pedra e demos-lhe do nosso lanche: pão, uma maçã e uma garrafa de leite com chocolate para cada uma. Comemos e bebemos e tudo se passou normalmente. Não havia razão para não ser igual quando a convidássemos outra vez, pensámos.

Ela veio logo connosco quando a convidámos, alguns dias depois, e parecia ainda mais contente, como se ir passear e lanchar connosco se estivesse a transformar num hábito. Perguntou-nos se íamos convidá-la mais vezes e ficou contente quando lhe dissemos que sim, porque até àquela altura ela nunca tinha encontrado companhia para nada, andava sempre sozinha.

Talvez por gratidão devorou o lanche com tanto entusiasmo e bebeu o leite até à última gota. Estávamos alegres e ela sentia-se à vontade. Tinha encontrado, finalmente, amigas e até nos parecia menos feia e atrasada. Era, sobretudo, obediente, fazia exactamente o que nós queríamos, quase sem precisarmos de lhe dizer nada.

Agora começava, por exemplo, a sentir sono e a ficar tonta, e, antes que se sentisse mal, gritasse por socorro ou chorasse, deitámo-la no meio de nós, encostámo-la a uma pedra e pusemos-lhe a cabeça por cima da mochila e de um casaco dobrado, para ficar mais confortável.

Perguntámos-lhe se estava bem e ela disse que sim, como se tivesse receio de nos desagradar, ou medo de que fôssemos embora e a deixássemos ali sozinha.

Ficamos contigo, dissemos, adivinhando o que ela pensava. Não tenhas medo e dorme.

Fizémos-lhe festas na cara, ela acenou com a cabeça e disse que se sentia mal.

Revirava os olhos e começou a ter vómitos, mas acabou por não vomitar porque entretanto ficou meia a dormir, mas continuava a gemer, virava-se para um lado e para o outro, com movimentos aflitos, e de vez em quando tinha uns arranques do estômago, fazia movimentos descontrolados e ouvia-se a respiração mais forte.

Parece um peixe fora de água, disse a Celeste, provavelmente está com dores.

Depois sossegou mais até parecer dormir profundamente. Então pegámos-lhe, a Germana segurou-a por debaixo dos braços, eu levantei-a pelos pés e levámo-la para o meio de umas ervas altas, logo mais adiante.

Deixámo-la ficar, tapada com o casaco da Germana, porque assim iam ter a prova de que tínhamos sido nós.

Só em casa nos assustámos com a ideia de que ela podia não morrer. Nessa altura teríamos tido todo aquele trabalho para nada. Tentativa de assassinato não seria notícia, porque tentativa de suicídio também não era. A não ser que se tratasse de uma grande estrela a tentar suicidar-se. Então já podia ter algum interesse como notícia, mas mesmo assim muito menos do que um suicídio verdadeiro. Tentativa de assassinato não era nada.

Assustámo-nos deveras e ficámos com raiva dela. Era tão desastrada e estúpida, saía-se sempre tão mal em tudo que podia falhar mais uma vez e não morrer. A ideia era tão aterradora que nos arrependemos de não ter escolhido a Vanessa, a Elizabete ou a Carina. Com tantas outras possíveis, tínhamos logo que escolher a Tânia.

Adormecemos a pensar que ela ia voltar à escola, no dia seguinte. Abrir a porta, atrasada como sempre, com ar de quem anda no mundo por ver andar os mais, e sentar-se outra vez no fundo da sala, meio de lado na carteira, apática, olhando sem entender, como se continuasse a dormir. Ela ia voltar, tínhamos a certeza. Continuar como até aí, uma espécie de morta viva, com quem ninguém se importava.

Mas ela não voltou, nem nesse dia nem no outro a seguir. Embora de cada vez que a porta se abria nós quase gritássemos, com medo de que fosse ela.

Não era, e aparentemente não se dava pela sua falta, porque ninguém notou a sua ausência nem perguntou por nada.

Só ao terceiro dia a notícia saiu no jornal. Foi a Carina que ouviu no café, e veio contar:

Vocês sabem, a Tânia. Apareceu morta.

Saímos logo e fomos para casa, respirando de alívio. Amanhã vão saber que fomos nós. Hoje ainda, talvez. Ficou o casaco e a mochila. Basta seguirem a pista e vão-nos descobrir.

Mas podiam vir, estávamos preparadas. Tinhamos emagrecido, comprado roupa nova, mudado a cor do baton e escolhido outra sombra para os olhos, que não nos íamos esquecer de abrir o mais possível, debaixo da luz dos flashes.

E então foi tudo como tínhamos pensado: de repente eles aí estavam, carros, altifalantes, luzes, locutores, polícia, fotógrafos, páginas de jornais com grandes letras: *Adolescentes Matam Colega. Malefícios dos Mídia. Juventude à Deriva. Ausência de Valores. Falência da Escola. Onde estavam os Pais?*

Tem sido assim, cada vez se fala mais e ninguém está de acordo, todos os dias nos fazem interrrogatórios, são ouvidos psicólogos, psiquiatras, professores, pais, colegas, polícias, vizinhos, e há cada vez mais interesse e mais público, porque somos um caso mediático. Exactamente como tínhamos pensado.

Talvez a gente fique algum tempo atrás das grades, numa colónia correccional, continua a dizer a Germana.

Mas nenhuma de nós tem medo nem está preocupada. Temos a certeza de que tudo vai acabar com um belo pôr do sol em Miami.

Pranto e riso da noiva assassina

MOMENTO UM

O homem que eu amava deixou-me por outra e eu entrei em desespero e matei-o. Provavelmente enlouqueci. Mas talvez não seja realmente culpada. Se tiver de haver um culpado, será ele. Gostaria de dizer-lho, mas não posso. Ele deixou de fazer parte do número dos vivos e ninguém pode ultrapassar essa fronteira, só Deus. Mas ninguém é Deus.

Se bem que, quando se mata, se é, por um instante, quase Deus: tem-se um poder absoluto, transforma-se o mundo segundo a nossa vontade. É um momento total, em que ficamos acima da vida e da morte. Sozinhos e apavorados com aquele poder que estava em nós, mas desconhecíamos e nos ultrapassa.

De repente acordamos como de um transe, banhados em suor e extenuados. Sem perceber toda a extensão do que se passou, mas com manchas de sangue nas mãos. E depois dizem-nos que é dele o sangue. Do homem que matámos.

Sim, devo ter enlouquecido, nessa altura. Ou muito antes: quando ele me disse que me deixava por outra. Quando ele não me disse nada, e se foi embora.

Mas ele não podia ter-me deixado assim à espera, um dia a seguir ao outro, pondo o seu talher à mesa, a cadeira no lugar que ele ocupava, a sua almofada na cama, no lado que ele deixara vazio. Não podia afogar-me todas as noites num quarto escuro e sem fundo, olhar-me ao espelho sem me reconhecer, vendo esfumar-se o brilho dos olhos, o sorriso da face, o viço da pele, o vermelho da boca. Assistir ao meu próprio desaparecimento – o corpo deixando de ser ágil, os gestos fáceis, as palavras rápidas. Ver-me sair de cena, cair dentro do espelho, como se ele fosse uma fronteira e eu a tivesse ultrapassado, porque estava morta.

Enquanto ele abraçava a outra, e ela estava viva e passeavam debaixo das árvores, e os meses sucediam-se e era verão, inverno e primavera, e ele comprava uma casa, onde entrava com a outra mulher, que se deitava no meu lugar na cama.

E depois saíam juntos e, como não eram supersticiosos nem acreditavam que o vestido de noiva devia ser surpresa, ele comprava-lhe o vestido que eu deveria usar: branco, brilhante, com uma cauda de seda semeada de flores.

Ele não podia ter feito isso. Não podia. Como se eu fosse um insecto que se esmaga. Tornou-me invisível, não só para ele, mas também aos meus olhos e aos do mundo: ia para o trabalho, vinha do trabalho, entrava e saía em autocarros, atravessava as ruas, entrava em casa, atendia o telefone. Mas não me sentia a fazer nada disso. Não estava na minha vida, nem na minha pele. Desaparecera.

Ninguém portanto me encontrava, como se tivesse ido para muito longe. Foi um tempo de ausência, eu não estava lá.

Em volta, tudo mudara: as coisas familiares tinham-se tornado desconhecidas, vagamente ameaçadoras, como se eu esquecesse para que serviam, ou qual era o meu papel em relação a elas. Qualquer gesto simples, como arrumar uma gaveta ou escolher jornais para deitar fora, me exigia um esforço desmedido. Muitas vezes pensei se não começaria a esquecer tudo, como os doentes de Alzheimer, que ignoram o nome dos objectos e deixam de saber quem são. Como a tia Madalena, e a sua morte por esquecimento.

Enquanto as memórias dele adquiriam, pelo contrário, uma nitidez obsessiva, como se olhasse através de lentes de aumento: tudo o que me ligava a ele tornava-se demasiado intenso, demasiado grande, quase gigantesco. Eu era devorada pela memória dele, e deixar-me devorar era ainda um prazer, como se de alguma forma ele me possuísse ainda.

Eu só existia, portanto, no passado. Talvez pudesse pôr as coisas nestes termos:

Ia por um caminho, e de repente fui atropelada. A partir daí o tempo partiu-se ao meio, havia um antes e um depois, mas não havia ponte entre antes e depois. O problema residia aí, na falta de ligação. Eu estava desligada, tudo na minha vida estava desligado.

Mas poderia voltar a ligar-se. Se, por exemplo, ele telefonasse.

A vida suspensa do fio telefónico. Sentar-me na cadeira de orelhas ou na extremidade do sofá, e ficar à espera:

De repente um som agudo retinir na casa, fazendo-a estremecer, acordando o mundo. A voz dele, do outro lado do fio, atando novamente as coisas, pondo um nexo entre os objectos, a cadeira e o livro, o tapete e a mesa, a televisão e o jornal, a jarra de flores e a parede.

Tudo ter sido um equívoco, nada ter acontecido e eu estar agora no lugar da outra. Que deixara de existir. Nunca tinha existido.

A chave rodar na porta, e ele entrar. Sem dizer nada, nenhum de nós diria nada.

Adormecer nos seus braços, e o mundo voltar ao princípio. Não fales, não quero saber, não fales, por favor não fales. Podia acontecer, essas coisas aconteciam. Por isso eu olhava o telefone, tocava-lhe como se quisesse despertá-lo, impedi-lo de ficar quieto e mudo, ouvia-o tocar sem som, como se também ele tivesse enlouquecido.

Punha flores nas jarras, esperando absurdamente que ele voltasse. Ia ao mercado comprá-las e punha-as sobre a mesa, como se ele as visse. E depois deitava-as fora. De uma das vezes deixei cair a jarra e a água entornou-se no sofá e na mesa, escorreu para o chão encharcando o tapete. Deixei ficar tudo como estava e fui-me embora, sem sequer apanhar os pedaços partidos. À noite entrei descalça na sala e cortei os pés nos cacos de vidro.

Deitei tudo fora, e pensei que as flores nunca dariam fruto. Tal como eu, que nunca iria dar à luz um filho.

Claro que havia outros homens no mundo, mas nenhum tinha nada a ver comigo. Nenhum era o homem que eu amava, que nunca iria deixar de amar, mesmo que não pudesse voltar a vê-lo. A minha vida começava e acabava nele. Ele fora-se embora e levara-a.

Então imaginei que podia de algum modo arrastá-lo para o lugar dos mortos, onde eu estava. Podia matá-lo e isso seria uma forma de ele ser meu novamente, de o ter junto de mim para sempre.

A ideia foi de repente pacificadora e adormeci sem dar conta, sentada na cadeira. Quando acordei senti-me melhor, porque havia muito tempo que não dormia.

Abri a janela e olhei para a rua: era uma manhã de outono, com um sol frio e um vento gelado que levantava as folhas. As pessoas caminhavam, apressadas, nos passeios, carros circulavam, havia uma cidade pulsando, debaixo da janela. Uma cidade viva, um coração batendo.

Um coração batendo. Peguei numa foto dele: o rosto, o sorriso, conheço tão bem este rosto, esta boca, este corpo, conheço tão bem este corpo, colado ao meu. Está ligeiramente inclinado para a frente, com os ombros um pouco de lado, veste um casaco azul sobre a camisa branca e tem uma gravata vermelho-escura. Como sangue.

Senti o fogo subir-me ao rosto, o coração bater com mais força. Abri a gaveta e tirei um lenço de seda que ele gostava de usar.

Cheirava ainda ao seu perfume, ao seu corpo, ao tabaco dos cigarros que tantas vezes lhe acendi, na minha boca. Embrulhei a foto no lenço, pelos bordos, deixando a imagem visível: continuava a sorrir, inclinado para a frente. Como se me olhasse.

Então desejei com toda a força a sua morte, e com toda a força espetei um alfinete por cima da gravata, no lugar do coração. Um velho alfinete de chapéu, cravado, como um punhal, no peito.

O cabelo caiu-me sobre a cara, o suor escorreu-me pela testa. Afastei o cabelo com a mão, meti a cara debaixo da torneira, bebi alguns goles de água fria. Depois deitei-me e adormeci.

Acordei mais tarde com o telefone a tocar desabaladamente e uma voz a anunciar a morte dele, do outro lado do fio. Uma morte súbita, instantânea. Paragem cardíaca.

Caíra na rua, de repente, essa manhã bem cedo, razão nenhuma, ninguém compreendia, sempre fora saudável, não, não tinha problemas cardíacos, caíra assim na rua, desamparadamente, vinha a sair do café, com o jornal debaixo do braço, caíra antes de chegar ao carro, com a chave na mão.

Desliguei a tremer e parei, no escuro, sem conseguir respirar, sem acreditar no que ouvira.

Passaram semanas, meses, e eu continuava, sufocada, no escuro. Não era isso o que eu queria, afinal não era nada disso que eu queria. Mas no momento fora esse o meu desejo. Não podia negar.

MOMENTO DOIS

Claro que, se eu contasse, toda a gente diria que era coincidência. Nenhum tribunal do mundo me condenaria. Toda a gente iria rir de mim: colegas, amigos, conhecidos, psicólogos, psiquiatras, o padre, o bispo, o arcebispo e o Papa iriam rir e diriam que a sua morte não tivera nada a ver comigo.

Mas eles não sabiam da força da paixão nem do poder da mente. Eu sabia.

Sim, aparentemente as minhas mãos, cruzadas no regaço, eram inocentes, dir-se-ia que só capazes de ternura.

Olhava-me ao espelho com frieza e não desviava os olhos: eu era culpada. Via-me chorar no espelho.

MOMENTO TRÊS

E depois passou mais tempo e dei comigo a acreditar que obviamente só podia ser coincidência. Claro que por um instante enlouqueci, mas foi uma loucura passageira. Só isso. Não existiam artes mágicas, eu pelo menos não tinha esse poder.

Acontecera o que tinha de acontecer. Obra do acaso. Mais nada. Recuperei o senso comum e desatei a rir de mim própria. Voltei à realidade, olhando as coisas nas proporções normais: sim, é verdade, fui deixada por outra, desesperei, fiz um acto tresloucado e ridículo, embora inofensivo.

E depois? Ora, depois nada: a vida continuou, tudo não passou de uma paixão banal. Voltei evidentemente a apaixonar-me, sou jovem e voltei a ser bonita, ainda mais que dantes. As coisas são assim, a vida continua.

E, se formos a ver, desvarios e paixões é o que mais há: estão sempre a acontecer, a toda a gente. Ou, pelo menos, a quase toda a gente. Infelizmente, nem sempre numa forma tão benigna de loucura.

Formas em trânsito

O mensageiro

Era ainda muito jovem quando isso acontecera. Tinha ido buscar água ao poço, voltava para casa e era quase noite.

Sentou-se um momento numa pedra e sacudiu a areia da sandália. Foi então que o viu a seu lado. Era muito belo, e não lhe inspirou medo. Foi também o que ele disse, quando lhe pôs as mãos sobre os ombros e a puxou com ternura para si:

Não tenhas medo.

O seu rosto estava agora mais perto e os lábios afastavam-se, porque ele sorria. Depois ficou tão perto que a boca dele se colou à sua boca e o seu corpo ao dela, e foi como se uma nuvem os cobrisse e se fizesse noite, e depois em volta houvesse apenas luz.

Quando acordou estava sozinha. Voltou para casa apressando o passo, ainda não refeita da surpresa, com o corpo tremendo de alegria.

Muitas vezes, depois, se lembrou dele. E era como se o visse de novo ao seu lado. Porque também tinha sido assim que acontecera: Não dera conta de ele se aproximar, de caminhar na sua direcção. Apenas, de repente, estava ali.

Nesse momento, muita coisa se passara. Ele tinha falado, e ela ouvira. Mesmo que agora esquecesse, ou parecesse esquecer, porque apenas recordava a luz.

Não tenhas medo, ele dissera no início.

Mas depois houvera outras palavras, mesmo que agora não conseguisse lembrá-las. Mas não importavam as palavras. O que quer que ele tivesse dito, ela tinha a certeza de ter ouvido. Por isso cantava.

Aparentemente tudo se mantinha como sempre, ela continuava a ir buscar água ao poço, a fazer a comida, a limpar a casa. E no entanto aquele encontro tinha mudado tudo. A luz, o vento, as estrelas, as noites e os dias. Nada mais era igual.

Ela própria mudara. O seu corpo mudara. Agora os seios, até aí quase invisíveis, ficavam mais duros e mais cheios. E o ventre arredondava-se, debaixo do vestido, e começava a crescer.

Como quando as mulheres ficavam grávidas e deixavam de sangrar, porque traziam um filho na barriga, pensou.

Mas ela era tão jovem que ainda nunca sangrara. E não podia trazer um filho na barriga porque não era mulher de nenhum homem. Vivia em casa de José mas ele ainda não era seu marido. Estava só à sua guarda, juntamente com os filhos que ele já tinha. Por isso agora não entendia o seu corpo, embora estivesse feliz dentro dele.

Então sentiu de novo o homem a seu lado. Estava dentro do quarto, de repente, sem precisar de abrir porta nem janela, ela via-o distintamente, mesmo sem abrir os olhos.

Não tenhas medo, disse o homem de novo, como uma saudação. O que tens dentro de ti é um filho.

Como posso ter um filho? Perguntou-lhe, incrédula.

Ele sorriu e ela deixou de o ver.

Só depois, quando tornou a pensar nele e a sua presença se tornou tão forte que se sentiu inundada de luz, ouviu o resto das palavras.

Um filho – do Altíssimo.

Abriu a janela e olhou para fora, sem ver nada. Ela fora a escolhida. A eleita. Por isso aquele homem a tinha esperado, junto ao poço.

E agora sabia que não era um homem, só podia ser um anjo, isto é, um mensageiro. Embora fosse como um homem que o recordava: A sua boca sorrindo, entreaberta, o seu corpo jovem crescendo sobre o dela e de repente ela desfalecendo e deixando-o levá-la consigo.

Estava deitada no caminho de areia e o vento levantava-lhe o vestido, o corpo do homem era quente e forte e ela partia com ele para um outro lugar e depois perdia a consciência, era uma coisa súbita como uma tempestade, e no entanto doce, que ela não podia esquecer nunca mais.

E agora ia ser mãe e o seu filho era o filho de Deus. O prometido.

Contou a José que era essa a verdade, e que iriam acontecer coisas espantosas. Viu no rosto dele sentimentos confusos, que se iriam sucedendo com o passar dos dias e dos meses: surpresa, zanga, incredulidade, desespero, e depois uma ternura lenta e obstinada, como se ela fosse uma criança louca que ele tivesse de proteger contra o mundo.

Sim, ele protegeu-a contra o mundo. Pensou em abandoná-la, chegou mesmo a abrir a porta para se ir embora, de noite, mas faltou-lhe a a coragem, no último instante. Não podia deixá-la com uma criança crescendo dentro dela. Uma criança parindo outra, e ele abandonando as duas. Não podia abandoná-las, viu, voltando para trás e fechando a porta da casa atrás de si. Defenderia aquelas duas crianças e não lhe importava o preço que teria que pagar por isso.

Sim, eram verdade os anjos, afirmou bem alto. Também a ele um anjo aparecera. Em sonhos.

Acrescentava pormenores, para tornar mais credível aquela história absurda:

Sim, ela fora a eleita, a escolhida. Para ser mãe do que iria nascer, por quem todos esperavam, na estirpe de David. Ela era, desde o início, predestinada: Por isso os pais a tinham em criança entregado ao templo. E ela não tinha chorado nem olhado para trás, para os ver uma última vez, tinha seguido em frente, muito firme e segura, aos três anos de idade, em direcção ao santuário, no caminho iluminado pelas tochas.

Repetiu vezes sem conta essa história a parentes e vizinhos que troçavam dele e lhe chamavam pai do filho de um forasteiro, de um soldado romano, de um qualquer estrangeiro. Repetiu essa história até à saturação, quando foi acusado pelos sacerdotes de ter ele mesmo violado a jovem confiada à sua guarda, antes de a fazer sua mulher, segundo a lei.

Até que o mundo foi seguindo o seu curso e todos foram indo à sua vida e pareceram esquecê-los, parentes sacerdotes e vizinhos, e a criança foi crescendo, como todas, no ventre de sua mãe, e eles voltaram a viver em paz e ele, finalmente, a desposou.

E agora ela era sua mulher legítima, e aquele filho nasceu e depois dele os outros que tiveram. A todos ele amou igualmente, e também aos que tivera da primeira mulher, antes de ter enviuvado, porque a todos sentiu como seus filhos. Mesmo o que o não era. A todos deu por igual.

Pois qual é o pai que, se o filho lhe pedir um pão, lhe dará uma pedra? Se lhe pedir um peixe, lhe dará uma serpente? dizia.

Talvez com o tempo todos se esquecessem realmente deles e da história louca que Maria contara. Era isso o que ele mais desejava: que fossem uma família igual a todas, numa casa igual às outras, a salvo das bocas venenosas do mundo. Ele voltaria do trabalho à tarde, como os outros homens, e a família estaria reunida em volta da mesa, onde, segundo o uso, ele distribuiria o sal e partiria o pão, sem que nada os distinguisse dos demais.

Deu consigo agarrando-se ao quotidiano, às coisas simples e conhecidas, como se elas os pudessem proteger do que não sabiam. Coisas simples e concretas, como os pedaços de madeira que trabalhava. Com eles na mão ensinava os filhos:

Um pedaço de madeira é um pedaço de madeira. Mais nada.

Assim eram os pedaços de madeira: Coisas duras e palpáveis, que por força da vontade e do trabalho se domavam e transformavam em objectos úteis: mesas, camas, traves, bancos, portas.

Assim via, assim lhes ensinava: O destino do homem é viver do trabalho das suas mãos.

Como se os prevenisse contra a outra ordem das coisas, que não se podiam agarrar na mão nem se vergavam ao esforço do trabalho e da vontade.

Porque eles eram um povo de histórias e promessas, e facilmente se perdiam em sonhos. O que de resto se podia desculpar. Aquele que tem fome, não deseja comida, e o que tem sede não deseja a fonte? Naquela terra de secura e pedras, como não desejar o leite e o mel? Por força do desejo, davam ouvidos a toda a espécie de histórias fantásticas. Viviam no deserto, apascentando ovelhas entre pedras e areia, e sonhavam a vinda do Messias. Alguém viria um dia, lhes daria tudo e os reconciliaria com Deus. Sim, também ele acreditava nisso. Também ele pertencia aquela terra esfomeada e sedenta, sempre à beira da morte, ou do milagre.

Mas o Messias podia nascer na sua casa, no ventre da sua mulher, sentar-se à mesa entre os seus filhos?

Só essa presunção era um pecado desmedido. Deus perdoasse àquela mulher que acreditava nisso, sem dar conta até que ponto pecava por vaidade e teimosia.

Não, ela não sabia até que ponto era culpada, pensou vendo-a pousar a candeia sobre a mesa.

Por sua causa tinham circulado histórias fantásticas de um nascimento prodigioso. Histórias que se avolumavam ao longe até chegarem aos ouvidos do rei.

Não, ela nunca pensara que por sua culpa tinham morrido milhares de crianças inocentes, enquanto eles fugiam para o Egipto. Ela nunca pensara isso, e ele não lho dissera. Pedira-lhe apenas que não contasse a seu filho essa história. Só iria trazer-lhe sofrimento, avisou.

Mas ela não o ouvia e contava a seu filho. Aliás, era assim que ela o tratava sempre: o seu filho. Como se os outros não fossem também seus filhos, e ela escolhesse ser mãe só daquele, o preferido, o único, o que ela distinguia com um amor ilimitado.

Os outros eram fruto de um homem maduro e de uma mulher jovem, nasciam no meio dos trabalhos do dia a dia, cresciam graças ao pão que ela amassava, à água que ia buscar ao poço. Mas o outro, a quem ela dera o nome de Jesus, era fruto de uma insensatez, de um desejo desmedido, de um sonho. Perdoara-lhe essa falta. Era quase uma criança e não sabia nada da vida. Não podia deixá-la sozinha contra o mundo. Mas ela entendia que ele a amava até ao ponto de mentir por amor dela?

Perdoara-lhe tudo, só não lhe perdoava que não esquecesse. Que guardasse no coração essas histórias e ficasse absorta a pensar nelas, perdida em sonhos. Malignos.

Porque os sonhos eram perigosos. Também isso ela não sabia. Corriam longe, contagiavam outros, e depois ganhavam vida própria e voltavam-se contra nós. Um dia os sonhos que ela contava a seu filho voltar-se-iam também contra ele, avisou.

Sim, ela era doce, inocente, e um pouco louca. Se o seu filho a escutasse, também ele, com o tempo, enlouquecia.

Preveniu-a disso. As histórias que ela contava cavavam um fosso em volta dele, separavam-no dos outros, tornavam-no diferente dos irmãos, diferente dos demais.

Meu Pai, que está nos céus, dizia a criança. Como se estivesse acima dos seus irmãos, acima de seu pai e sua mãe, e falasse com o invisível.

Amanhã seria incapaz de trabalhar como toda a gente, de ganhar a vida. Ser filho de Deus é por acaso um ofício? E qual é o homem justo que acredita poder viver sem trabalho?

Ela dissera-lhe que o Messias era ele, que uma estrela de grande cauda luminosa pousara no estábulo onde nascera, e guiara até ele os forasteiros. Na verdade a estrela fora visível muitos dias, antes e depois do seu nascimento. Brilhara no céu e não pousara no telhado do estábulo. Isso ele podia assegurar, porque olhara para trás quando saíra, em busca de auxílio. Quando voltara, a criança tinha nascido. A mãe a parira, sem ajuda de ninguém, entre os animais, à luz de uma candeia que logo se apagou por falta de azeite. Os que vieram trazer comida e agasalho foi isso que viram: Uma mulher e uma criança deitados no escuro, que eles agora iluminavam com as tochas. Não, não se ouviam coros de anjos, nem tinham soado flautas nem címbalos. Tinham frio e fome, e houve quem trouxesse para eles comida e agasalho. Só isso.

Mas depois a história espalhou-se e juntou-se à outra história que ela contara, do anjo encontrado no caminho. E então começaram a dizer que a estrela pousara no telhado. E é verdade que até reis tinham vindo, ouvindo isso. E mais tarde Herodes decretara a morte de todas as crianças com idade inferior a dois anos e eles tinham tido que fugir para o Egipto.

Depois de voltarem, a história persistia. Sobretudo ao longe, porque os parentes e os vizinhos nunca tinham, naturalmente, acreditado que Jesus não fosse uma criança como as outras.

Mas ao longe circulavam coisas diferentes: Ele brincava com outra criança, amassavam pássaros de barro, ele destruía-os por maldade, mas depois batia as palmas e logo os pássaros de barro se punham a voar. Ou brincava com outro rapaz da sua idade e matava-o, mas quando via o choro dos pais tinha piedade deles e ressuscitava o seu filho.

Não, nada disso acontecera. Jesus não fizera voar pássaros de barro nem matara outra criança. Acreditava ser o Messias, porque sua mãe lho dissera.

Ela educava-o mal e ele, José, não conseguia evitá-lo. Um dia, não muito distante, ele não estaria mais lá para dizer coisas de bom senso: Um pedaço de madeira é um pedaço de madeira, mais nada. Todo o homem deve viver do trabalho das suas mãos.

Sentia-se cansado e envelhecido, e de facto a sua morte chegou pouco depois.

Jesus teria uns treze anos, nessa altura. Teve portanto ainda um longo tempo para escutar a sua mãe, antes de sair de casa e começar a vida pública, quando o seu carácter isolado e diferente era já muito notado e criticado entre parentes e vizinhos. Não tinha profissão nem fundava família, nem mesmo se ouvia dizer que procurasse mulher.

Por culpa de sua mãe, falavam. Que a tal ponto o cercava com o seu amor que por vezes ele explodia de raiva contra ela, como daquela vez, nas bodas de Caná, em que lhe gritou diante de todos:

Mulher, que há de comum entre mim e ti?

Ou como de outra vez, em que lhe foram dizer que estava ali sua mãe e seus irmãos, e ele respondeu: Quem ouve as minhas palavras e as pratica, esse é minha mãe e meu irmão.

Como se quisesse finalmente separar-se dela, expulsá-la do seu espaço. Saíra de casa, e não iria voltar. Era um homem e andava sozinho pelos caminhos do mundo. A sua mãe ficava, definitivamente, para trás.

No entanto havia muita coisa em comum, entre ele e sua mãe. O que vinha dizer era o que sempre ouvira da sua boca: Ele era o filho de Deus. Meu Pai, que está nos céus.

Era isso o que repetia a quem lhe perguntava: És tu o que há-de vir, ou devemos esperar outro?

Saiu a pregar, como se o mundo fosse um campo a lavrar, nas traseiras da casa, nos confins da aldeia. Com um punhado de outros, saiu a pregar. Mas não acreditavam nele.

Sobretudo os mais próximos diziam: Não és tu o filho do carpinteiro? Porque nenhuma terra aceita os seus profetas.

Está possesso do demónio e perdeu o juízo, disseram.

Muitas vezes tentaram prendê-lo, pegaram em pedras para lhe atirarem, ou pediram-lhe que se fosse embora.

Em algumas ocasiões fez-lhes a vontade e retirou-se para o deserto, ou passou para a outra margem do Jordão.

Mas voltava sempre e tornava a falar-lhes, contava histórias que muitos tomavam por enigmas. Viam-no sem vê-lo, ouviam-no sem o entender. Sobretudo os que tinham os primeiros lugares nas sinagogas e recebiam as primeiras saudações nas praças.

Acusaram-no de que os seus discípulos não jejuavam e escandalizaram-se por tê-los visto a colher espigas ao sábado. Mas ele respondeu: Qual de vós, se perder uma ovelha ao sábado, não vai buscá-la? Porque era o espírito da lei que contava, e não a sua letra. A lei era feita à medida humana, estava escrita no coração dos homens. Era o amor, e não o poder e a força, que fazia andar o mundo.

Deus não estava longe, castigando, era como um pai, sentado à mesa, distribuindo o pão a seus filhos.

Qual é o pai que, se o filho lhe pedir um pão, lhe dará uma pedra? Se lhe pedir um peixe lhe dará uma serpente? Se lhe pedir um ovo, lhe dará um escorpião?

Deus tinha o rosto de José, do pai que amava os seus filhos, a todos igualmente, porque era justo.

Mas o mundo não o quis ouvir e condenou-o rapidamente à morte. Num dia em que a terra tremeu e o mundo pareceu mergulhado em trevas.

Por sua culpa, disseram as vozes do mundo a sua mãe. Até aí o tinham levado as histórias dela. Até à morte.

Por sua culpa, repetiu a sua mãe escondendo o rosto. As histórias dela tinham-no levado até à morte. José tinha razão e ela não quisera ouvi-lo. Devia tê-lo criado como aos outros filhos. Sem lhe contar nada.

Fechou-se dentro de si e emudeceu.

Podia ser dia ou noite, vir o sol ou a chuva. Olhava sem ver, não ouvia quando a chamavam.

Sim, de certo modo, também ela morreu com ele. Porque nenhuma dor é maior do que a morte de um filho, do que ser culpada pela morte de um filho. Quem mata o seu filho não merece viver e ela não vivia.

Passou assim muito tempo, envelheceu sem dar conta.

Sentava-se ao fim da tarde com um pedaço de madeira na mão e fazia-o voltar-se entre os dedos. Um pedaço de madeira era um pedaço de madeira. Mais nada. Devia ter dito isso a seu filho.

Até que outras histórias vieram ter com ela:

Ele voltara. Fora ter com os discípulos, que não sabiam quem era, até que, pelo modo de partir o pão, o reconheceram.

Apareceu a outros no caminho, caminhou longo tempo a seu lado, sem se dar a conhecer, até verem, de repente, que era ele.

Andava de novo pelo mundo, e ninguém podia detê-lo. Nem mesmo os que juraram tê-lo sepultado e depois roubado o seu corpo, para o sepultar noutro lugar em segredo.

Ninguém podia nada contra ele, porque o seu rosto se multiplicava noutros, as suas mãos noutras mãos, as suas palavras noutras palavras. Qualquer um se parecia com ele e dizia: Sou eu o Cristo.

Agora, em vez de um, eram mil.

As histórias vieram e vieram.

Até que ela levantou a cabeça e viu que não era culpada.

As palavras do anjo eram maiores do que ela, por isso as contara a seu filho, e ele as repetira a outros, e agora outros as repetiam, e ninguém os poderia calar.

Mas ela – não era culpada. O que quer que tivesse acontecido, ou fosse ainda acontecer, não era culpa sua. Ela era apenas um ponto nessa cadeia. O ponto de partida, o lugar onde alguma coisa começara.

Esta é uma possível versão da história.

Escrita no mês dois do ano três do vigésimo primeiro século da era que o encontro de Maria com o anjo inaugurou.

A velha

A velha era felicíssima. Pois não é verdade que tinha uma boa vida e nada lhe faltava?

Só nessa manhã tinha encontrado um lugar vago num banco de jardim, nem demasiado à sombra nem demasiado ao sol, o eléctrico não vinha excessivamente cheio e também conseguiu lugar, o padeiro disse-lhe bom dia com um ar tão simpático, quando ela deixou em cima do balcão o dinheiro de três carcaças, e o empregado da mercearia ficou a conversar depois de lhe dar o troco e perguntou-lhe se gostava daquela nova marca de café.

O mal de muita gente era não saber dar o devido valor às coisas. A maioria esbanjava tempo e felicidade, da mesma forma que esbanjava dinheiro. Se se fosse a ver, poucos sabiam aproveitar o que tinham. Por exemplo, não aproveitavam a água quente, que ficava nos canos depois de se ligar o gás e de a água aquecer, nem se lembravam de apagar logo as luzes do tecto quando passavam de um quarto para outro, ou desligavam os queimadores do fogão um pouco antes de a comida estar pronta. Sim, quantos faziam isso? E depois admiravam-se de o dinheiro não chegar ao fim do mês.

A ela, benzesse-a Deus, chegava sempre. Tinha tudo, e não precisava de se privar de nada. Mas é verdade que sabia poupar. Nunca estragava comida, nem deitava fora o que sobrava, nem sequer meia carcaça, podia muito bem aproveitá-la na refeição seguinte. Tomava banho aquecendo água numa panela e despejando-a aos poucos sobre si própria, depois de se ensaboar, sentada num banquinho de plástico, junto ao ralo do chão. Como misturava sempre água fria, uma panela de água quente era o bastante. E, uma vez que agora era verão, nem sequer precisava de aquecer muito a água, estava bem assim, apenas morna. Em todo o caso, como gastara tão pouca, a última água que sobrara deitara-a pelas costas mais quente do que a outra – oh, e como era agradável esse escorrer da água na pele, na temperatura desejada. Um púcaro de água cobria metade do corpo, o seguinte a outra metade, e era assim – dois púcaros de água, cobrindo todo o corpo, davam aquela sensação de plenitude.

Não precisava de mais nada, pensava enxugando-se com prazer na toalha limpa e cuidadosamente passada a ferro. É certo que algumas casas tinham quartos de banho modernos, com banheiras onde até se cabia deitado e onde a água quente nunca acabava nas torneiras. Mas, mesmo não tendo nada disso, não deixava a gente de tomar banho, com um pouco de habilidade e de esperteza. E tinha a certeza de que nem os ricos tinham toalhas melhor passadas do que as dela.

Agora no entanto custava-lhe mais a passá-las, porque o ferro de engomar era pesado como chumbo. Até a Rosalina tinha dito isso, quando viera visitá-la uma vez. No entanto havia cinquenta anos que passava a roupa com ele, não podia pô-lo de lado assim do pé para a mão, ou deitá-lo fora como a coisa sem préstimo. Até porque em cinquenta anos nunca se estragara. Não era só por economia que não comprava outro, era sobretudo porque não podia desfazer-se de quem sempre a tinha servido. Era-lhe tão familiar que quase podia conversar com ele.

Podia-se falar com as coisas, então não. As chávenas e o bule, também ali, de roda dela, perfilados em cima do paninho de renda.

E os pratos de louça e a jarra de vidro, abria o armário e lá estavam, bem empilhados, brilhando. Como quando a gente sorri e os dentes aparecem, brilhantes, no meio dos lábios – assim os pratos e a jarra, no meio da porta.

Os objectos gostavam de ser tocados com mãos cuidadosas, e, para andarem bem, tinham de ser estimados. Uma casa, mesmo pequena, tinha sempre uma volta a dar, e muito que se lhe dissesse.

Era por isso que nunca se aborrecia. O relógio, a cadeira, a mesa, o casaco, a cortina caíam-lhe nos olhos, como se a chamassem: Já viste como apanhei pó, estou a perder o brilho, criei jelhas, perdeu-se o botão, saltou um fio. Estava sempre ocupada, as coisas davam-lhe que fazer como crianças a quem se tem de dar atenção o tempo todo.

E, se às vezes lhe davam folga, ou ela mesma decidia folgar, apanhava o cléctrico e dava volta à cidade. Nos meses mais quentes tirava um passe de terceira idade e passeava. No inverno não valia a pena, estava frio e vinha logo a chuva e preferia não sair, por causa do reumatismo.

Mas, saindo só nos meses mais bonitos, o passe ficava ainda mais barato. Se fizesse a conta do preço a dividir por doze (ah, sabia bem fazer contas, sempre tinha sido esperta na escola) pois se fizesse a conta a dividir por doze ainda era menos que pagava pelo passe.

Gostava sobretudo do eléctrico da circulação, dava a volta à cidade sem ter de sair, e ainda por cima bem instalada, conseguia ficar quase sempre ao pé da janela. Ou, se não conseguisse na primeira volta, era certo que conseguia na segunda, porque entretanto sairia quem fosse à janela e era só empurrar-se um pouco e ocupar o lugar do outro, e então sim, via tudo como se estivesse no cinema.

Ao cinema propriamente ia pouco, há vários anos até que já não ia. Não era só por ser caro, é que às vezes as cadeiras estavam gastas e faziam-lhe doer as costas, e também nunca sabia se ia gostar dos filmes. E se não gostasse não podia fazer como na televisão e mudar de canal ou desligar, tinha de aguentar até ao fim, ou sair. E era um grande desconsolo sair a meio, já lhe tinha acontecido mais do que uma vez.

Por isso não ia cinema. Televisão via bastante, claro, mas dava-lhe mais gozo andar de eléctrico. Em vez de ficar fechada em casa, andava no meio das pessoas e das ruas, mas sem se cansar, bem sentada. Gozando o espectáculo dos outros – olha ali aquela montra iluminada, aquele homem a correr, aquela mulher ajoujada com o cesto das couves. E ela ali, recostada na cadeira, sem carregar pesos, nem sequer o peso do seu próprio corpo – dava-lhe vontade de rir, tamanha facilidade.

Mas também gostava de caminhar a pé, quando andava melhor do reumatismo e não lhe doíam as artroses. Porque de vez em quando parecia quase milagre – não lhe doía a perna, o pescoço, nem o braço, podia fazer os movimentos quase todos sem estremecer nem dizer ai, era quase como se ficasse outra vez nova. E então saía de casa, ligeira, orgulhosa da facilidade com que punha um pé adiante do outro.

Caminhando viam-se as coisas de outro modo, noutra velocidade. Percebia-se que havia hera num muro onde antes não estava, descobria-se que a begónia de uma escada tinha crescido quase um palmo, desde a última vez que lá passara, que determinada janela tinha quase sempre um gato a dormir, atrás do vidro. Ou que, numa casa posta à venda, havia de repente cães de guarda rondando, na soleira da porta. Podia apostar se iam ou não ladrar, dessa vez, quando ela passasse.

Gostava de apostar consigo mesma, e quase sempre acertava. Se no dia seguinte ia ou não chover, se a Madalena ia ou não telefonar, se os vizinhos tinham deixado a porta da rua fechada ou aberta, quando ela chegasse.

Uma vez por ano, jogava na lotaria. Nunca tivera sorte, mas gostava de tentar. Uma vez por ano dava-se ao luxo de perder e fazia essa extravagância. Mas jogava também outros jogos, que de repente lhe vinham à cabeça: todas as semanas procurava na montra da loja da esquina os números que lhe pareciam mais prometedores. Assentava-os num papel e depois ia ver os números premiados, no dia em que andava a roda. Nunca acertava e metia com satisfação num mealheiro o dinheiro que não gastara. E assim tinha um duplo gozo – tinha-se divertido com a escolha do número, o palpite e a expectativa, e ainda por cima arrecadava o dinheiro, rindo-se da sua própria esperteza.

Escrevia de vez em quando aos filhos e aos netos, mas poucas vezes, porque percebera que eles não tinham tempo de ler as cartas. O que era natural, a vida de hoje era tão a correr, as pessoas sofriam muito, sobretudo as crianças, de um lado para o outro, saíam de casa de noite e entravam de noite. Mas ela estava livre dessa correria, tinha todo o tempo por sua conta.

É verdade que em alguns dias ele era mais difícil de passar, mesmo vendo a televisão até ao fim, porque já não tinha olhos para fazer malha. Claro que muitas coisas ela tinha perdido com os anos, em parte os olhos, e muita da saúde. Mas sobretudo pessoas. O Jacinto, antes de mais, e depois praticamente todos os amigos, e a família da sua geração. Durante anos afligira-se, de cada vez que riscava mais um telefone na agenda e via os nomes diminuirem a passos largos. Até que finalmente só restara ela.

Tinha as vizinhas, claro, e a porteira. Não havia dia em que não aparecesse uma, ou até mais do que uma, a desabafar, contar novidades, ou simplesmente a saber como ela estava. E havia a Madalena, que deixara de ser vizinha porque fora viver para casa de uma filha, mas não se esquecia dela e telefonava. As mais das vezes para lamentar ter saído dali, e aproveitando para se queixar do genro.

Por essas e por outras é que ela nunca iria sair dali, pensava a velha. Estava tão bem na sua casa, no seu quintal do tamanho de um lenço, onde podia apanhar sol quando não saía à rua e onde tinha a criação, para se entreter. Agora eram só galinhas, mas já tivera também coelhos. Acabara com eles quando começou a não poder baixar-se para lhes apanhar a erva. Teve pena, mas, vendo bem, as galinhas bastavam. Tinha sempre ovos, de vez em quando pintos, e depois a filha da porteira vendia-lhe os frangos no mercado. Frangos do campo, mais caros e muito mais saborosos do que os outros. Sempre era um rendimento, e além disso um entretém e uma companhia.

Além de que gostava de ouvir o galo cantar. Acordava com ele, de madrugada. E também pelo dia adiante ele não parava de cantar.

Para dizer a verdade, a única coisa de que tinha medo era de que pudessem forçá-la a sair dali. Pensava nisso às vezes, sentada na cadeira de orelhas e olhando em volta os objectos da sala, entrincheirando-se atrás deles, como se pudessem protegê-la, o relógio da parede, a estante, a mesa, o guarda-louça, as cadeiras.

O dono da casa viera uma vez visitá-la, com falinhas mansas. Oferecia-lhe uma indemnização, para ela sair. Iria para um andar moderno, com esquentador, casa de banho e máquina de lavar a roupa, prometia.

Mas ela não se fiara. Mesmo que fosse verdade, não queria conhecer outras vizinhas. Podia não gostar delas, e depois? E o que iria fazer da criação? Porque não ia, é claro, desfazer-se das galinhas. Não lhe parecia possível viver sem criar nada.

O homem insistira, viera uma vez e outra, aumentara a oferta, mas ela não se deixara convencer. A porteira tinha-lhe dito que ela estava no seu direito, e que, por lei, não podiam despejá-la. Mas tinha muito medo de que mudassem a lei, estava-se num mundo incerto, e nunca se sabia.

Também tinha pavor de que a pusessem num lar. A família podia fazer isso, se por exemplo ficasse inválida, se algum coisa má lhe acontecesse, se alguém tivesse de decidir por ela. Sim, disso tinha medo. Da morte não, ou pelo menos não tinha muito medo, embora houvesse algumas coisas desagradáveis ligadas à ideia da morte.

Pensava também nisso de quando em quando, olhando em volta, sentada na cadeira de orelhas. Às vezes adormecia.

Uma vez, numa véspera de Natal, sonhou que dois homens batiam à porta, suados, um pouco aflitos, carregando um caixão. Pareciam dois gatos pingados, mas ela viu logo que eram anjos. Um deles era bastante calvo, o outro gaguejava um pouco e limpava o suor da cara com um lenço.

– É aqui? perguntaram.

Ela disse que sim e mandou-os entrar. Pareciam cansados, tinham andado certamente muito, lá de onde vinham. Ofereceu-lhes um banco, depois de passar rapidamente sobre o tampo a ponta do avental. Foi buscar-lhes pão e queijo e um copo de vinho para cada um, e sentou-se do outro lado da mesa, a olhar para eles.

Os anjos comiam com satisfação, pegavam no pão com as mãos calejadas e afastavam dos olhos os cabelos ralos, que o suor lhes colava à testa.

– A senhora está p-pronta? perguntou finalmente um deles sem levantar os olhos do prato.

Ela acenou que sim com a cabeça. Vestiria a sua melhor roupa, pensou num relance, e prenderia o cabelo com ganchos sobre a nuca. Eles dar-lhe-iam tempo para isso. E para colocar ela mesma duas jarras de flores de ambos os lados, à cabeça e aos pés.

– É uma grande viagem, disseram.

– Óptimo, disse a velha. Nunca viajei na minha vida. Para dizer a verdade tenho a maior curiosidade em saber o que está do outro lado.

Os anjos não responderam e sorveram mais um gole de vinho.

– Só que aí dentro não vou ver nada, disse a velha, reflectindo um pouco. Preferia que me levassem juntamente com a casa e todos os objectos.

– Não é p-possível, disse um dos anjos.

– Mas, se a senhora prefere, podemos levá-la sentada na cadeira, disse o outro.

E já de repente estava fora da casa, acima do telhado, sentada na cadeira, com os anjos a empurrar, cada um de seu lado, ela podia ver os telhados das outras casas, as ruas que se tornavam pequenas, como se andasse de avião, imaginava que devia ser assim que se andava de avião, ganhando altura. Sorriu de felicidade, porque nunca andara de avião na sua vida, e aquela era um experiência curiosa.

De repente lembrou-se das galinhas:

– Esperem, esperem, gritou aos anjos, não posso deixar as galinhas

– Não podemos voltar atrás, disse um dos anjos

– Mas quem vai ocupar-se das galinhas, gritou a velha, cheia de aflição, não posso deixá-las,

– Não p-podemos descer outra vez, disse um dos anjos.

Mas o outro anjo era muito conciliador e disse ao primeiro:

— Baixamos um pouco, só até à altura da casa

e então baixaram só um pouco, a cadeira foi perdendo altura, com os anjos a segurarem-lhe nos braços,

até que a velha viu distintamente o galinheiro do seu quintal e chamou as galinhas, e o anjo que gaguejava fez-lhes sinal com a mão para que voassem,

e as galinhas e o galo voaram sobre o telhado até à cadeira de orelhas e empoleiraram-se nos braços e nas costas da cadeira

e então ganharam cada vez mais altura e a velha agradeceu, satisfeitíssima, vendo tudo tão claro lá de cima — as árvores, os telhados, as casas, os carros muito pequenos nas estradas, os rios e as pontes, a orla do mar, os campos semeados, as montanhas,

e depois ganharam mais altura e só se viam nuvens, voavam sobre um mar de nuvens, até ao horizonte, e essa era uma paisagem que não podia haver no mundo e a velha pensou, maravilhada, que as vizinhas não iam acreditar quando lhes contasse o que os seus olhos viam.

Mas não pôde contar, porque desse sonho nunca mais voltou.

Um casaco de raposa vermelha

Ao voltar um dia para casa, uma pequena empregada bancária vê numa loja de peles um casaco de raposa vermelha. Pára diante da vitrine, com um calafrio de prazer e de desejo. Porque aquele é o casaco que sempre desejou ter na vida. Nenhum outro se lhe assemelha, pensa percorrendo com os olhos os outros casacos, pendurados no varão de metal ou suavemente estendidos sobre o sofá de brocado. Aquele é uma peça rara, única, jamais vira um tom assim, fulvo, mesclado, com reflexos de cobre e brilhante como se estivesse a arder. A loja estava fechada àquela hora, lembrou-se no momento em que empurrava a porta, cedendo ao impulso de entrar. Amanhã viria, então, o mais cedo possível, no intervalo do almoço, durante a manhã, encontraria um pretexto para sair rapidamente, a meio da manhã. Dormiu pouco, essa noite, acordou inquieta, levemente febril. Contou os minutos que faltavam para abrir a loja, os seus olhos erravam do relógio de parede para o relógio de pulso, enquanto atendia os clientes, debruçada no balcão. Tão cedo quanto pôde encontrou uma razão para sair e correu à loja de peles, tremendo com a ideia de que o casaco pudesse estar vendido. Não estava, informaram-na, e ela sentiu de repente o ar voltar-lhe, o coração bater com menos força, o sangue descer da face e retomar compassadamente o seu fluxo. – Parece feito para si, disse a vendedeira quando ela o vestiu e se voltou no espelho. A medida exacta dos ombros, da cintura, a altura ideal da bainha, disse ainda, e olhe como fica bem à cor da sua pele. Não tenho interesse em lho vender, apressou-se a acrescentar, pode evidentemente optar por qualquer outro, mas, se lhe posso dar uma opinião, esse parece feito para si. Exactamente para si, sublinhou com um sorriso fugidio. – Qual é o preço? perguntou dando meia volta e fazendo dançar a bainha, porque lhe era difícil despregar os olhos da imagem. Recuou, assustada, ouvindo a resposta. Custava muito mais do que pensara, cinco vezes mais do que o dinheiro que teria disponível. – Mas podemos facilitar o pagamento, disse a vendedeira, compreensiva. Talvez sacrificando as férias, pensou. Ou desviando algum dinheiro do empréstimo do carro. Aquecendo menos o quarto, fazendo refeições mais ligeiras. Convinha-lhe, até, porque estava a engordar um pouco. – Aceito, disse fazendo rapidamente contas de cabeça. Dou-lhe um sinal e começo a pagar na próxima semana. Mas desde já ele é meu. – De acordo, disse a vendedeira espetando-lhe uma etiqueta «Vendido». Pode levá-lo quando efectuar a terceira prestação. Passou a vir à noite, quando a loja estava fechada e ninguém a via, olhava através do vidro e de cada vez se alegrava – de cada vez era mais brilhante, mais cor de fogo, labaredas vermelhas que não queimavam, antes eram macias sobre o seu corpo, uma pele espessa, ampla, envolvente, balançando com o seu andar. Seria admirada, também ela, seguida com os olhos quando passasse – mas não era isso que a fazia sorrir secretamente, era antes uma satisfação interior, uma certeza obscura, uma sensação de harmonia consigo própria, que extravasava em pequenos nadas, deu conta. Como se o ritmo da respiração mudasse, fosse mais repousado e mais profundo. Por outro lado, talvez porque deixara de sentir-se cansada, deu conta de que se movia agora muito mais depressa do que habitualmente, caminhava sem esforço pelo menos com o dobro da velocidade normal. As pernas ágeis, os pés ligeiros. Toda ela mais leve, rápida, com movimentos fáceis do dorso, dos ombros, dos membros. É por causa da ginástica, pensou, por alguma razão começara a fazer regularmente exercício. Havia meses já que conseguia correr duas horas por semana no campo de treino. Mas gostava sobretudo de correr na orla da floresta, à saída da cidade, sentindo a areia estalar debaixo dos pés, aprendendo a colocar os pés no chão de outra maneira. O contacto perfeito, íntimo, directo, com a terra. Sentir profundamente o corpo – estava mais viva, agora, mais alerta. A sua capacidade de percepção crescia, notou, mesmo à distância ouvia ruídos diminutos, que antes lhe passariam despercebi- dos, uma sardanisca fugindo no chão entre as folhas, um rato invisível fazendo estalar um ramo, uma bolota caindo, um pássaro pousando entre as ervas; pressentia também, muito antes de elas terem lugar, as mudanças atmosféricas, o virar do vento, o subir da humidade, o avolumar-se no ar da tensão que descarregaria em chuva. E os cheiros, um mundo de cheiros, sentiu, como uma dimensão ignorada das coisas a que agora se tornara sensível, poderia descobrir caminhos, trilhos, pelo olfacto, era estranho como nunca tinha dado conta de como todas as coisas cheiravam, a terra, a casca das árvores, as ervas, as folhas, e também cada animal se distinguia pelo seu odor peculiar, cheiros que vinham no ar desdobrados em ondas, em leque, e ela juntava-os ou separava-os, aspirando o vento, levantando imperceptivelmente a cabeça. Interessava-se de repente por animais, dava consigo a desfolhar enciclopédias, a olhar imagens – o ouriço-cacheiro com uma cor mole, tenra, clara, na parte de dentro do corpo, onde não havia espinhos, a lebre rápida, em tons indecisos, saltando, fascinava-a o corpo dos pássaros que analisava com minúcia, calculando como era suave, para lá das penas, e uma palavra lhe ficava por vezes boiando insistentemente na memória: predador. Tinha mais fome, agora, sentiu arrumando os livros e abrindo a porta da cozinha, e isso desagradava-lhe profundamente, admitia que era a contrapartida negativa do exercício físico e procurava um modo de contornar o perigo de engordar, vagueava, insatisfeita, em torno das pastelarias, sem atinar com o que procurava, porque o próprio cheiro do café era repugnante e a enjoava, tinha fome de outras coisas, não saberia dizer exactamente de quê, fruta, talvez, poderia aproveitar para emagrecer um pouco, comprou uma enorme quantidade de uvas e maçãs e comeu-as todas no mesmo dia, mas continuou a sentir fome, uma fome oculta, que a roía por dentro e não parava. Um inesperado convite para uma festa alegrou-a, sentiu que qualquer derivativo seria bem-vindo para esquecer aquela fome absurda, vestiu-se com prazer e pintou a boca e as unhas de escarlate – tão compridas, as unhas, reparou, e as próprias mãos pareciam mais sensíveis, alongadas, quem ela acariciasse na festa ficaria eternamente em seu poder, pensou, e sorriu no espelho – um sorriso felino, viu, pondo os olhos em fenda e sorrindo mais, deixando o sorriso escorrer pelo rosto e dando-lhe aos traços uma certa orientação triangular que lhe agradou e sublinhou ainda mais com maquilhagem. A meio da festa reparou numa peça de carne a ser partida, meio em sangue – rosbife, lembrou-se, mas essa palavra não fazia de repente qualquer sentido, estendeu a mão e engoliu uma fatia – o gosto da carne, quase crua, o gesto de cravar os dentes, de fazer saltar o sangue, o sabor do sangue na língua, na boca, a inocência de devorar a peça inteira, pensou tirando outra fatia e sentindo que estender a mão era já um desvio inútil, deveria estender directamente a boca. Um casaco de raposa vermelha Desatou a rir e começou a dançar, com as mãos oscilando no ar, manchadas de sangue, sentindo subir o seu próprio sangue, como se uma tempestuosa força interior se desencadeasse, uma força maligna que poderia transmitir aos outros, uma peste ou uma maldição, mas essa ideia era suave, tranquila, quase alegre, sentiu flutuando, ligeiramente embriagada, e escutando o eco do seu próprio riso. Passaria a noite obedecendo a todas as forças que dentro dela se soltassem, e de manhã iria buscar o casaco, porque era o dia marcado e ele era seu, fazia parte dela, conhecê-lo-ia mesmo de olhos fechados, pelo tacto, a pele macia, espessa, ardendo sobre a sua, ajustada perfeitamente, a ponto de não se distinguir dela – – Feito para si, disse de novo a vendedeira tirando- -o da cruzeta. A pele ajustada à sua, a ponto de não se distinguir dela, viu no espelho levantando a gola em volta da cabeça, o rosto desfeito, de repente emagrecido, desmesuradamente alongado pela maquilhagem, os olhos em fenda, ardendo sem sono. – Então bom-dia e obrigada, disse saindo à pressa, receando que o tempo que lhe restava se esgotasse e as pessoas parassem alarmadas a olhá-la, porque de repente era demasiado forte o impulso de pôr as mãos no chão e correr à desfilada, reencarnando o seu corpo, reencontrando o seu corpo animal e fugindo, deixando a cidade para trás e fugindo – e assim foi com esforço quase sobre-humano que conseguiu entrar no carro e rodar até à orla da floresta, segurando o seu corpo, segurando ainda um minuto mais o seu corpo trémulo – antes do bater da porta e do verdadeiro salto sobre as patas livres, sacudindo o dorso e a cauda, farejando o ar, o chão, o vento, uivando de prazer e de alegria e desaparecendo, embrenhando-se rapidamente na profundidade da floresta.

Vizinhas

Tinham combinado ir juntas, quando a hora chegasse. Porque sempre tinham andado a par uma da outra, desde a altura em que dividiam na escola as uvas da merenda e jogavam no chão às cinco pedrinhas. E também mais tarde, na altura das feiras, das festas dos santos e dos namoricos, se ajudavam uma à outra a encontrar noivo e a esconder dos pais as saídas furtivas com os namorados.

Depois casaram e a vida afastou-as, moraram muitos anos em terras diferentes e não deram notícias, porque pouco sabiam escrever e, mesmo que soubessem, o tempo não sobrava.

Mas calhou reencontrarem-se, muitos anos mais tarde, na terra natal, ambas viúvas, morando na mesma rua em que tinham nascido e crescido, nas casas herdadas dos pais.

A vida tinha passado, e agora só faltava morrer. O que era um passo difícil. Por isso tinham prometido ajudar-se, quando chegasse a altura.

Sairiam de casa ao nascer do Sol e levariam a merenda.

Pão de centeio num guardanapo e um cacho de uvas. Tal qual como antigamente, quando andavam na escola.

A diferença era que agora levariam também duas garrafas de água, daquelas de plástico, que dantes não havia. A que usava bengala levaria a bengala e a outra um cajado, para oque desse e viesse, podia saltar-lhes ao caminho algum cão raivoso.

Mas não tinham medo dos cães, nem era deles que fugiam. Infelizmente era das pessoas. Das famílias.

Lembravam-se, por exemplo, da Madalena do Álvaro.

Começara com uma ferida num pé, uma coisa de nada, só que não sarava. Foi ao hospital, cortaram-lhe a perna, e ela ainda viveu três anos, amarrada com um lençol a uma cadeira de rodas para não tentar levantar-se, repetindo a toda a hora que a deviam ter deixado morrer. E razão não lhe faltava, mais valia morrer do que viver assim.

E depois aconteceu pior ainda ao Janeco: também começou com uma ferida num pé, cortaram-lhe a perna e um ano depois cortaram-lhe a outra. Estava em casa de um filho, que o levou para o hospital, mas depois não o quis de volta, acabou num lar, onde ficou a apodrecer vários anos.

Ir para casa dos filhos, para o hospital ou para um lar era o maior dos perigos. Elas bem sabiam o que por lá se passava.

O compadre Zacarias tinha estado meses e meses no hospital, com um tubo enfiado no nariz, por onde deitavam comida desfeita, e com as mãos amarradas à cama, dia e noite, porque o tubo o sufocava e ele tentava sempre tirá-lo, mesmo a dormir. O pobre só pedia que o deixassem morrer, com aqueles olhos que diziam tudo, mas falar não falava, por causa do tubo. Quase nem respirava, tinha os pulmões cheios de escarros, mas metiam-lhe mais tubos para o aspirar e puseram-lhe outro tubo na pila para sair o mijo. Em vez de o deixarem sossegado e morrer, sem porra de tubo nenhum.

Iam visitá-lo e bem viam: quando ele estava já quase a ir-se embora, porque não podia mais, davam-lhe injecções para o coração aguentar. Faziam as pessoas viver o mais possível, em vez de as deixarem, sem as torturar.

Por isso tinham prometido apoiar-se uma à outra, quando fosse caso disso. Só tinham de estar atentas aos sinais.

Tinham-nos visto bem claros no Natal passado:

Há vários anos que faziam a ceia todos juntos, com os filhos e netos, em casa de uma ou da outra, porque sempre era mais alegre uma casa cheia. Mas, com o tempo, os filhos e netos vinham cada vez menos, na verdade revezavam-se, uns e outros, com a desculpa de que não queriam dar trabalho e era difícil alojar todos.

E depois começaram a moê-las com aquela conversa de que não estavam bem ali sozinhas, longe de tudo, só com a ajuda das pessoas da aldeia. Parecia apenas um reparo, dito assim, como se fosse à toa, no meio de outras coisas.

Mas no Natal anterior as famílias pareciam ter chegado a uma conclusão: era melhor venderem-se as casas e irem ambas para um lar. Iriam para o mesmo, podiam até partilhar um quarto, sempre era mais barato e continuavam a fazer companhia uma à outra.

Tinham já decidido por elas, perceberam. Agora era só uma questão de tempo.

Disseram que não, e tornaram a dizer, estavam muito bem ali, cada uma em sua casa, juraram que não iriam para lar nenhum, mas à despedida os filhos remataram, como se não as tivessem ouvido e a vontade delas não contasse:

– Para o ano tratamos disso.

Ficaram ambas a acenar à porta, enquanto eles entravam nos carros e se iam embora.

Voltaram para dentro e sentaram-se à beira do lume.

Tinha sido, portanto, o último Natal, e era melhor assim.

Quando voltassem, no ano seguinte, não as encontravam.

Tiveram tempo de pensar na melhor maneira de fugirem, porque ainda veio a Primavera, o Verão e o Outono. Iam falando enquanto os meses se sucediam e a paisagem mudava diante das janelas.

O mais fácil seria tomarem comprimidos, mas não sabiam o nome dos remédios, nem aonde iriam arranjar suficientes. Além de que podiam falhar e, se não morressem, arriscavam-se a ficar entrevadas ou loucas.

Podiam atirar-se para debaixo do comboio. Tantas vezes o tinham visto passar e pensado nisso quando ele se aproximava, com um estrépito de ferro e faróis de incêndio, como um vento do inferno que lhes batia nos ouvidos e na cara. Só um instante, era só o instante de atirar-se para debaixo das rodas, e desapareciam.

Mas esse instante era demasiado assustador. Não iam ter coragem.

Antes entrar no rio. Não havia aquela fúria do comboio, aquele som de trovoada arrasando tudo ao passar. O rio era suave e silencioso. Bastava encherem os bolsos de pedras, por precaução meterem também algumas nos sapatos ou, melhor ainda, nas galochas com que costumavam andar à chuva. A água, além das pedras, entrava no cano das galochas, e o peso arrastava-as para o fundo.

Mas havia aquele sufoco de não conseguir respirar, e a água encher a boca e a garganta e a gente querer gritar e não poder. Esse instante era terrível, até porque devia ser longo, muito mais longo do que desaparecer de repente, debaixo do comboio.

Foi no Verão que encontraram a resposta, num dia em que tinham ido caminhar até à serra. Lá no alto havia um casinhoto abandonado, talvez antes usado por pastores. Não tinha janela, só havia a porta e no interior meia dúzia de palmos de terra batida, debaixo de uma cobertura tosca, onde faltavam telhas.

Era para lá que iriam, viram logo. Quando chegasse o frio e fosse o tempo de cair a neve. Morrer debaixo da neve, era só isso, deixarem-se ficar quietas, como se estivessem em casa, enrodilhadas a um canto. Só ao princípio se tremia de frio e desconforto, depois deixava de se sentir o corpo, que ficava inchado e dormente. A partir de certa altura não se tinha fome nem sede, nem se sentia mais o frio, era como ficar sentado, meio adormecido, a olhar o lume.

Voltaram para casa com o coração ligeiro. Era muito bom, numa altura dessas, terem companhia.

O resto do Verão foi tranquilo, quase não se dava conta de o tempo passar.

E então veio o Outono, o ar foi-se tornando frio e, pelo cheiro do ar e pela casca das árvores, sabiam que a neve ia em breve começar a cair.

Então partiram, como quando eram pequenas e iam para a escola. De manhã cedo, com um pedaço de pão e um cacho de uvas no saco da merenda.

Caminharam várias horas, apoiadas à bengala e ao cajado, apoiadas uma à outra, um pouco trôpegas, cansadas do caminho a subir.

Quando chegaram ainda o céu estava claro, haveria ainda muito tempo de luz. O bastante para se sentarem e comerem a merenda, e depois encherem de pedras o saco agora vazio e colocá-lo encostado à porta, do lado de dentro, reforçando o ferrolho, não fosse algum lobo aparecer de noite e querer forçar a entrada.

Mas não tinham medo, a porta e o ferrolho eram seguros, o pastor que fizera o casinhoto cuidara disso, também ele pensando em se abrigar dos lobos.

Não havia portanto nada a recear. Sentaram-se a um canto, embrulhadas nos xailes, vendo a luz desaparecer debaixo da porta e nas frinchas do tecto, até que ficou cada vez mais escuro em toda a volta.

— Estás bem? perguntou uma delas, muito baixo, quando a escuridão já não deixava distinguir mais nada e se ouvia o vento soprar.

— Estou, respondeu a outra.

— Estamos bem, disse a primeira, respirando fundo e encostando-se melhor à parede.

— Sim, assentiu a segunda, em voz ainda mais baixa. Estamos bem aqui.

E depois calaram-se e ficaram à espera.

História mal contada

Esta é uma história que me foi contada. Evidentemente, mal contada. As histórias de que não fomos testemunhas nem participantes são sempre mal contadas.

No entanto, vendo bem, o mesmo se passa com as histórias em que participámos, ou de que fomos testemunhas.

De onde se pode concluir que contar não é fácil. É por isso que contamos sempre outra vez. E nunca se saberá a versão certa, que se tornaria a única, porque essa claro que não existe.

Ainda assim, é sempre um processo curioso contar o que se ouviu contar. Se agora o faço é talvez movida pelo mal-estar de quem ma contou. E porque, tal como a primeira narradora, também eu não encontrei a solução.

No começo está uma mulher que queria iniciar um processo de divórcio e no entanto não se decidia a dar o primeiro passo. Por uma razão ou por outra, ia deixando o tempo passar. Talvez consultasse a advogada para se convencer de que o processo já estava em marcha, quando estava tão parado como ela. Claro que cada hora da advogada era paga, mas a mulher parecia dar esse dinheiro por bem empregado. Comprava, provavelmente, a ilusão de agir.

O que ela contava tinha os contornos de uma história de terror, embora a mulher não se mostrasse assustada. Apenas revoltada ou surpreendida, embora a situação não lhe parecesse insuperável:

Estava casada com um homem que havia anos não lhe dirigia palavra. Viviam na mesma casa, comiam à mesma mesa, dormiam na mesma cama, mas ele ignorava-a, como se ela fosse uma sombra. Saía de manhã, voltava à noite, sempre sem palavras. E muitas vezes nem voltava à noite, desaparecia, sem explicações, durante vários dias.

A mulher nunca disse como tinham chegado aí. Parecia considerar que o papel da advogada deveria ser estritamente baseado em factos e em leis, e que caberia a psicólogos olhar o assunto de outros ângulos. Mas esses não eram para ali chamados, recusava liminarmente qualquer interferência de psicólogos, fora ou dentro das entrevistas com a advogada.

Nessas entrevistas a mulher ora excluía os seus estados de alma, como se fosse um autómato, ora exprimia vastas emoções, de que no entanto não revelava as causas, e pretendia manter sem consequências.

Aparentemente, era só ela a querer o divórcio, o homem desejava continua a viver com ela – de contrário, dizia, já teria sido ele a iniciar o processo.

No entanto, também ela não se decidia. Aparecia no escritório da advogada, e depois desaparecia, durante largos meses.

Afirmava sempre que queria terminar com aquela falsidade, que não era casamento nem era nada, e divorciar-se daquele homem que a tratava assim.

Mas as desculpas para não o fazer eram múltiplas, e terminavam, como argumento decisivo, invocando a tenra idade do filho. Porque na história havia também um filho.

A mulher achava fundamental que vivessem os três na mesma casa, como se fossem uma família.

Mas alguma vez tinham sido?

Nunca explicou a razão de tudo aquilo, sobre a vida de ambos não contava nada.

Nunca a advogada tivera um caso assim, e acabou por dizer-lhe que aquela indecisão era exasperante. De uma vez por todas, exigiu respostas a todas as perguntas a que a mulher se esquivava.

Como se tinham conhecido? Como fora o casamento, no início? Houvera harmonia, e depois desarmonia? Em que momento, e porquê?

O homem e ela ter-se-iam certamente zangado inúmeras vezes, e haveria versões diferentes sobre o que ela contava – aliás, sobre o que não contava. Afinal o que acontecera?

E o que queria a mulher com o divórcio? A libertação daquele homem? A custódia do filho? Uma divisão dos bens que considerasse justa?

De que é que, afinal, tinha medo? Da solidão? De uma vida diferente, que ao mesmo tempo parecia desejar tanto?

Ou era do homem que tinha medo? Era fisicamente violento? Agredia-a? Insultava-a? Havia outra mulher ou outro homem envolvido? Qual deles começara a ser infiel? Ele, ela, ambos? Nenhum?

Como ela não respondia, a advogada tentou outro caminho:

Por que não um divórcio amigável, em lugar de litigioso?

Nenhum dos dois podia estar confortável naquela situação, era melhor resolvê-la a bem de uma vez por todas.

Se em casa ele se recusava a falar-lhe, porque não vinham ambos, na sessão seguinte?

A essa última questão a mulher respondeu com um sorriso incrédulo, repetindo: Ele? Vir ali com ela?

Foi a primeira vez que a advogada a viu sorrir, com o ar benevolente de quem acaba de ouvir uma ideia infinitamente absurda.

Era um jogo, afinal, em que se maltratavam, sem reparar que havia um filho no meio?, enervou-se a advogada, no limite do que conseguia aguentar.

Algum deles pensava, seriamente, na criança?

Levantara a voz muito mais do que devia. Mas a mulher não respondera.

Era uma história de mudez, um teatro de sombras, sem palavras.

Aí, a advogada levantou-se, vestiu o casaco, porque não suportava mais estar ali, e indicou-lhe a porta. A mulher saiu, não sem antes dizer:

– Até à próxima.

«Não vai haver próxima vez», pensou a advogada.

Mas não conseguiu dizer-lhe isso, e as sessões continuaram, cheias de silêncios.

Até que um dia a mulher chegou com uma história diferente:

O marido, que não lhe falava havia anos, de repente propôs-lhe fazer as pazes, e ofereceu-lhe, ao voltar de Itália, uma grande caixa brilhantemente embalada, com a etiqueta de um costureiro famoso e caríssimo. Ao abri-la encontrou uma camisa de noite sumptuosa, que ele lhe pediu que vestisse.

Ela fechou a caixa e saiu da sala, sem uma palavra.

Mas aquele gesto dele não a largava, dias ou semanas a fio, a tal ponto o achava incompreensível.

Tempo depois deu consigo a hesitar, sem saber bem onde estava, nem perceber o que fazia. Cambaleando, como sonâmbula, entrou no quarto e vestiu a camisa de noite sumptuosa. Acaso seria alguma vez possível, como ele propunha, que esquecessem tudo e recomeçassem? Poderiam voltar ao momento inicial, por qualquer milagre ou magia?

Não, de todo, nunca seria possível. Via o quarto oscilar à sua volta, e sentia-se perdida. E, no entanto, o que nunca mais podia acontecer estava a transformar-se de algum modo num momento irreal, de felicidade perfeita.

Sentia a seda roçar-lhe no corpo, e pareceu-lhe que ia perder os sentidos.

E agora o homem tomava-a nos braços, fazia deslizar a seda, com movimentos suaves, em volta do seu corpo, envolvia-a devagar no corpo dele, numa carícia esperada, como água jorrando sobre o corpo de um animal com sede, saciando-lhe primeiro a boca, e já todas as bocas do seu corpo se abriam, e nesse instante em que ela se entregava ele arrancou-lhe a camisa com um gesto rápido, sem deixar de a beijar e de a segurar nos braços, deslizou para o chão e caminhou suavemente, levando o corpo dela até à escada e deixando-a nua no patamar, antes de recuar um passo e fechar a porta de repente.

Então ela teve a consciência de voltar a si e gritou, batendo com os punhos contra a porta. Traição, vergonha, revolta, ódio, humilhação, sentia tudo de uma só vez, mas era como se ele já não estivesse lá, ou, de pura maldade, tivesse ensurdecido.

Não, disse depois, ele ria lá dentro, ria dela, sem palavras, sem som, como sempre rira, era o mesmo jogo de a fazer sofrer, negando-lhe palavras e contacto, recusando tudo, de puro ódio dela, que chorava, transida de frio, magoando-se contra a porta, ainda sem acreditar que ali passaria a noite, até perder as forças e se enrodilhar sobre si própria, sentada no primeiro degrau, com a cabeça enterrada nos joelhos onde apoiava os braços, sem dar acordo.

Foi assim que o filho de cinco anos a encontrou passadas muitas horas, quando já era manhã e ele voltou, pela mão da tia, e porque era domingo ela ouvia os sinos tocar na igreja próxima, e porque era domingo não havia escola, mas não havia no mundo nenhum outro filho de cinco anos encontrando no patamar uma mãe nua, gelada e enlouquecida.

E agora que ela contava isso à advogada queria divorciar-se o mais depressa possível, e de facto assim se fez, o divórcio, que era suposto ser litigioso, na prática acabou por ser fácil e rápido, e tecnicamente «amigável».

O homem compareceu, de livre vontade, em todas as sessões e teve um comportamento exemplar: concordou com tudo, como se só soubesse dizer sim, e favoreceu a mulher para lá de todas as expectativas da advogada. Inclusive no poder paternal: ficou dividido igualmente pelos dois, mas o homem deixava margem para a mulher decidir o que, em cada momento, melhor conviesse à criança.

Para qualquer deles, aliás, a criança não parecia agora constituir um problema, como se sempre tivesse sido um pormenor irrelevante na história.

Houve ainda, para a advogada, outras causas de estranheza:

Na sessão final a mulher apareceu, contra o seu hábito, bem maquilhada e vestida de modo exuberante, com um largo decote que quase deixava ver os seios, e o homem não parou de olhar, hipnotizado, para esse lugar onde o tecido leve se abria, como se fosse rasgar o vestido inteiro com os olhos, e retirar o corpo desnudado até ao fim.

Não parecia sequer ouvir nada, assinou os papéis, cumprimentou e retirou-se cortêsmente.

À pergunta que a advogada não resistiu a fazer, embora nessa altura fosse completamente inútil, e mesmo descabida, a mulher só respondeu que tinha sido com aquele vestido que ele a tinha conhecido, e era esse vestido festivo que escolhera para ir agora almoçar com as amigas.

E foi-se embora, em passo ligeiro.
Apenas, quando chegou à porta, se voltou para trás:
– Obrigada, disse. Virei a página.
E sorriu.
A advogada sorriu também, e respirou de alívio. Também para ela o pesadelo acabara.
Saiu para tomar um café ali perto, sentindo prazer em caminhar debaixo das árvores, ao ar livre. Nunca tivera um caso assim, e esperava nunca mais na vida encontrar outro igual. Sentia-se quase tão leve como a mulher que dissera
«virei a página».
Foi quando, dentro de um carro estacionado, viu o homem que acabava de sair do Campus de Justiça.
Achou normal que um homem recém-divorciado se mantivesse alguns momentos imóvel, ao volante do carro, olhando o rio.
Mas quando chegou mais perto viu que ele chorava compulsivamente.
Desejou que ele não a tivesse visto e, por precaução, mudou de passeio.
Mas não pôde impedir-se de ver ainda o homem levantar a gola do casaco, como se quisesse esconder as lágrimas e esconder-se dela, de si próprio ou do mundo, antes de pôr o carro em movimento.

A terceira mão

Só na adolescência tive realmente consciência de que era o único homem numa casa de mulheres, embora essa afirmação de que era «o homem» me fosse repetida desde sempre, tanto quanto consigo lembrar-me.

Pareciam esperar que eu fosse maior e melhor do que era, e não pudesse gritar, chorar, ter medo, cometer erros e ter defeitos que às minhas irmãs eram permitidos.

Acabei por ver nessa exigência uma absurda conversa de mulheres: cercavam-me de chantagens e de hipocrisia para descarregarem sobre mim uma frustração qualquer.

Por que haveria eu de ter menos privilégios do que as minhas irmãs? Que se danassem, ora, e não me viessem com histórias. Instintivamente, nunca cedia um milímetro do que considerava serem os meus direitos, senão mesmo direitos fundamentais da espécie humana: na infância, o direito de ter medo do escuro, de querer ouvir histórias à noite, de lutar com as irmãs pela atenção da mãe, das tias, das avós e das criadas.

A minha recusa em ter menos direitos transformou-se mais tarde, com alguma persistência e astúcia, na tentativa, por vezes coroada de êxito, de ter, pelo contrário, mais direitos, já que era homem, portanto único e diferente, como a toda a hora me lembravam.

Mas aí as minhas irmãs uniram todas as suas forças e lutaram para que houvesse, segundo elas, alguma justiça: recusavam-se a fazer as camas se eu não fizesse a minha, a pôr ou levantar a mesa se eu não fizesse o mesmo, a limpar o fogão ou ir ao supermercado se eu também não fosse, por turnos, em dias e horas combinados. O que de facto foram conseguindo, mas nunca de forma inteiramente pacífica.

A disputa existiu portanto desde sempre, e prolongou-se, em variantes mais subtis, até à adolescência.

Pelo menos até a um Verão da minha adolescência, em que ganhei realmente consciência do que significava ser homem.

Claro que eu sempre soubera que o mundo se dividia em homens e mulheres. Havia os meus amigos e as amigas das minhas irmãs, havia rapazes e raparigas na escola e na família, e entre os primos, parentes, conhecidos e vizinhos. Mas esse saber era tão evidente que nem se reparava, a tal ponto estava em todo o lado. Pelo menos eu não reparava nele, do mesmo modo que prestava uma atenção distraída ao facto de as estações do ano se sucederem e em cada vinte e quatro horas a noite se seguir ao dia.

Claro que já desde os dez ou onze anos, ou provavelmente até antes, eu e os outros falávamos «daquilo»: de que o pénis crescia, a voz mudava, nasciam pêlos na cara e no corpo, e se podiam fazer coisas com mulheres. A quem, por sua vez, nasciam peitos e aparecia sangue entre as pernas.

Obviamente íamos sabendo de tudo, ou quase tudo, e contando uns aos outros o que nos tinham dito, ou tínhamos ouvido, em conversas descuidadas dos adultos. E depois emcontrámos tudo descrito em livros, e ainda melhor em imagens conseguidas clandestinamente.

Mas nada disso tinha a ver com a experiência, depois.

Depois, quando?

De repente, um dia. Ou antes, uma noite:

O corpo acordava. Subitamente estava lá, silencioso mas desperto, como um animal no escuro. O sexo, entre as pernas, vivo. Uma rã, um sapo, saltando para uma água funda.

Lodo, pântano, poço em que se caía dormindo. Acordava-se sufocado, transpirando. O pijama e o lençol molhados, um líquido viscoso nos dedos quando se tacteava à procura.

Uma palavra que deixava de ser uma palavra e se tornava subitamente uma coisa, no primeiro instante ainda desconhecida: esperma.

E depois outra palavra ligada a isso: Eu.

De manhã olhava-me no espelho, um rosto que não parecia ter amadurecido: as mesmas borbulhas e a mesma pele ainda rosada. E, no entanto, pelo menos a mim parecia-me que era como se tivesse algo escrito na testa, e doravante todos os que me olhavam soubessem.

Via no espelho o corpo nu, desamparado. Sozinho.

Acordava de noite muitas vezes, saltava da cama e acendia a luz: havia roupa espalhada ao acaso, alguma caída ou atirada para o chão. Tirava o pijama molhado e procurava outro na gaveta. Enquanto o vestia, sentia-me outra vez só.

Apesar da luz acesa, era algo semelhante ao medo do escuro na infância.

A solidão parecia ter-se colado a mim, e essa sensação prolongou-se por algum tempo.

Depois o mundo começou a mudar e havia uma diferença: erguera-se uma barreira entre nós, homens, e elas, as raparigas-mulheres. Já não era o mesmo mundo, suavemente dividido ao meio por uma linha imaginária, mas óbvia de tão visível. Passara a haver dois mundos, bem diferenciados e desconhecidos.

Agora eu olhava de outro modo. Também as minhas irmãs eram «elas» – as outras, as mulheres.

Mesmo a mãe e a avó eram mulheres, não apenas presenças, imagens, afectos, sombras que tinham, até então, representado um determinado papel na minha vida. Agora via-as noutra perspectiva.

Também elas, sim, também elas tinham sido jovens um dia. Procurado os homens, os machos. Copulando com eles.

Tendo filhos com eles. Vivendo o sexo. Chamava-se a isso viver a sua vida.

Procurei o meu pai nos retratos. Morto antes de eu ter nascido. Nunca chegou a conhecer-me, nem eu a ele. Havia um vazio na minha vida, de que agora eu dava conta com uma intensidade que me doía.

A minha mãe esperando por ele. O desejo de um e de outro. Como era o desejo, na mulher? Como se podiam conquistar as mulheres? Já o termo «conquistar» me fazia supor uma batalha.

Também eu viveria a minha vida, como toda a gente, pensei. Mas os meses passavam e sentia-me sozinho.

No entanto, depois dessas noites em que algo acontecia, de manhã comecei a sentir-me extraordinariamente bem. Orgulhoso de mim e capaz de enfrentar tudo, a vida, a morte, o mundo, o amor, as mulheres.

O sexo, mesmo solitário, era um prazer intenso, descobri.

De certeza que a dois era o maior que havia. O meu corpo, e sobretudo as minhas mãos, tornaram-se muito inteligentes.

Ou mesmo geniais.

Passei a olhar cada vez mais as mulheres – o peito, o tornozelo, as pernas, os braços, os olhos, a boca, os cabelos.

Uma manhã chamou-me a atenção uma luva preta, em cima da banca da cozinha, horrível como uma mão decepada.

Sabia que a empregada usava luvas para lavar a louça, e aquela ainda estava húmida, tinha um cheiro enjoativo, e achei-a repugnante. No entanto, não desviava os olhos dela, como se me fascinasse, atirada para ali como por acaso.

Tinha algo de maligno, assim molhada e negra. A mão do Diabo, ocorreu-me.

Senti-me agredido, como se aquela mão escura e sem corpo me desse uma bofetada, e saí dali quase a correr.

Mas a luva nada tinha de alarmante, pensei a seguir. Já tinha reparado que a nova empregada, relativamente recente lá em casa, calçava luvas pretas quando passava os pratos debaixo da torneira, esfregando-os com uma escova que segurava pelo cabo. Ela própria era ágil como os gestos que fazia, eu já notara a rapidez com que apertava o avental em volta da cintura, por acaso muito estreita. Trazia sempre as unhas envernizadas, e era decerto para não estragar o verniz que usava as luvas.

Pensava nisso e quase esbarrei contra ela, que rapidamente entrava, no momento em que eu saía da cozinha.

– Credo, menino, tanta pressa, assustou-se ela. E riu, como se por um triz não tivesse sido atropelada.

Fui-me embora sem lhe responder, interrogando-me quantos anos ela teria mais do que eu. Parecia-me que não muitos.

Também ela – Raquel, ela chamava-se Raquel – pertencia ao outro lado. O das mulheres.

Nesse Verão tive muitos sonhos, que por vezes me deixavam fatigado. Num deles avançava por um prado florido, as corolas eram sexos abertos de mulheres, espalhando no ar o seu cheiro: milhões de sexos trémulos, ávidos de serem fecundados por insectos que zumbiam em volta e podiam de repente não entrar, porque não se sabia que razões secretas os fariam escolher uma e não outra corola, para a sua rápida visita.

– Escolhe-me, escolhe-me, sussurravam as flores, dançando nos caules, no balouço da brisa.

Eu caminhava no prado sobre corpos de mulheres, sobre sexos ávidos, que chamavam por mim.

Mas algumas não seriam fecundadas, nem conheceriam homem nenhum, ocorreu-me.

Talvez não fossem escolhidas por qualquer motivo em especial, apenas porque eram tantas – tal como ali, entre milhões de corolas, os insectos acabariam por deixar algumas expectantes, balançando sozinhas. Enquanto o vento era mais democrático, passava e soprava sobre todas elas com a sua boca. E no entanto, apesar disso, nem todas seriam fecundadas, a semente da vida voaria sobre algumas, rasando-as só ao de leve e caindo fora das corolas, que oscilavam inquietas na brisa.

Havia tantas mulheres no mundo como flores num prado.

Achei que seria mais seguro pousar numa e noutra, aqui e ali, em curtos voos de insecto, escapando sempre, em último caso, ao seu abraço. Porque algumas daquelas flores eram carnívoras, reparava agora. Devoravam os insectos incautos, fechando sobre eles as corolas.

Nesse momento em que um insecto ia desaparecer dentro de uma flor acordei, como se não suportasse olhar até ao fim.

O sonho não fora destituído de prazer, embora tivesse qualquer coisa de paradoxal, quase de aflitivo, que me deixava inquieto.

Olhei as mulheres mais atentamente:

Tudo nelas era sexo, verifiquei. Que homem não o sentia?

Eram sexo e mais nada, rescendiam a sexo, da cabeça aos pés. Mesmo o perfume que usavam não escondia o cheiro natural do seu corpo.

Fingiam ser o que aparentavam, pestanas, unhas, pernas, braços, sorrisos, mas tudo se reduzia a sexo, as unhas aguçadas, os dentes brancos, os olhos enormes, os muitos braços prontos a apertar, as bocas sugadoras, os lábios vermelhos que brilhavam na luz, antecipando outros lábios escondidos mais abaixo, prontos a abrir-se de sedução como os primeiros.

As mulheres e as suas estratégias de acenar, dar nas vistas, atrair à distância, como corolas oferecendo-se num prado, receosas de não ter tempo de existir, de não frutificar. Porque só através dos homens existiam, eram eles que as tornavam mulheres.

Ali estavam, portanto, prontas a tudo, pelo privilégio do encontro amoroso – sem esperar nada em troca, sem exigir nada, parecia-me, apenas querendo que um homem viesse e as amasse, mesmo que depois partisse, como um insecto levantando voo.

Um insecto que podia até nem lhes tocar, e escolher outra.

Devia ser aterrador ser mulher.

Mas também era aterrador ser homem.

Porque afinal as coisas não se passavam tão facilmente:

As mulheres exigiam, sim, exigiam muito em troca do amor que davam, podiam mesmo exigir tudo, eram carnívoras, devoradoras, conscientes do seu poder.

Senti-me pequeno como um insecto que tivesse de fecundar sozinho todas as flores de um prado, ou tivesse de satisfazer uma quantidade infinita de mulheres.

E também elas podiam escolher um homem e não outro.

Qualquer mulher podia recusar-me. Devia estar preparado para suportar esse golpe, e não me sentia preparado, queria acima de tudo ser aceite.

O que era preciso para despertar o seu desejo? Como era o desejo no corpo delas? Como se conquistava uma mulher?

Numa espécie de luta, com vencedores e vencidos? As que nós escolhíamos escolhiam-nos também muitas vezes, ou quase nunca a escolha coincidia?

Eu desejava portanto as mulheres, mas não ousava aproximar-me. Desejava-as demasiado para me aproximar, guardava uma distância de segurança e passava adiante, com ar de superior indiferença. Mas por dentro consumia-me, em desassossego.

Comecei a sentir-me cada vez mais tenso, a embrenhar-me em pensamentos metafísicos durante o dia e em fantasias carnais durante a noite. Nunca as minhas mãos tinham sido tão diligentes, a ponto de quase atingirem um virtuosismo que me surpreendia.

E no entanto sentia-me imensamente frustrado. Quanto maior a insatisfação, mais me embrenhava em pensamentos supostamente inteligentes, tentando racionalizar o incompreensível.

Foi nesse estado de espírito que uma manhã me encontrei com Raquel, ou ela me encontrou no quintal, quando ia pôr ao sol uma bacia de roupa molhada.

Lembrei-me de que tinha sido ela a meter na máquina de lavar os meus pijamas, e, para que não me visse corar, baixei-me e comecei a ajudá-la a prendê-los com molas no estendal de arame.

Ela sorriu e agradeceu a ajuda. Minutos depois estávamos cercados de lençóis que balançavam ao vento, e então, no meio dos lençóis, ela puxou-me para si e abraçou-me, apertando-se contra mim, e eu senti o corpo desperto e inchado contra o dela, e lembrei-me da luva preta na bancada, mas nesse momento já a sua mão me desabotoava o botão da cintura, corria o fecho da calça e me puxava o sexo para debaixo da saia que tinha levantado, e entrei dentro dela sem pensar em nada a não ser na absoluta felicidade que podia haver no mundo, o meu corpo e o seu como uma boca viva, respirando.

Todavia, não foi ainda aí que tudo se consumou, porque o vento levantava os lençóis e nos deixava visíveis; tive medo de que alguém nos espiasse das janelas, tropecei na bacia de roupa e só consegui dizer-lhe, arquejando:

– Esta noite vou ter ao teu quarto.

Também ela fugiu, apressada, na direcção da casa, por entre os lençóis que voavam, como se tivessem enlouquecido. E assim o acto de manhã falhado só se consumou nessa noite, em que acabou a adolescência e eu conheci as mulheres. Uma mulher. A primeira.

Todas as noites a seguir atravessei o corredor, descalço, com pés de veludo como um gato, subi um patamar de escadas, atento a nunca pisar um certo degrau que rangia, e fui ter com ela – que me levava até outra dimensão, insuspeitada. Como o amor é surpreendente, descobri. Deixei de filosofar, ou de pensar, nem de longe, em qualquer definição de amor. Bastava-me aquele encontro, para lá das palavras, para lá de tudo o que eu conhecera até então.

Nunca mais me lembrei da luva preta, da mão do Diabo, que daquela vez me alarmara, atirada na banca da cozinha.

As mãos dela eram brancas, com as unhas pintadas de vermelho, e cobriam-me de carícias, como se também elas me beijassem. E, dentro do seu corpo, voávamos ambos até às nuvens, cada vez mais alto.

Só depois de aterrar outra vez na cama, exaustos e felizes, e de a respiração ofegante se tornar mais tranquila, em voz muito baixa para ninguém ouvir, falávamos de tudo e de nada, da vida e da morte, do amor, do sexo e de nós.

Foi assim que soube que ela tinha um homem, com quem passava os fins-de-semana e com quem ia casar.

Sobressaltei-me e não quis acreditar. Depois zanguei-me, disse-lhe que tinha ciúmes daquele homem e a queria para mim, mas ela sorriu, respondeu que a vida não era como eu pensava e que, com o tempo, iria acabar por entender. Mas eu não entendia e ficava zangado.

Passei a vê-lo chegar, às sextas-feiras: estacionava à noite em frente da casa, à espera dela, que entrava no carro e partia.

E eu não suportava aquela situação absurda, sentia-me naufragar num turbilhão de sentimentos. Mas depois uma outra semana começava, de novo eu voava com ela até ao paraíso e durante dias inteiros não pensava em mais nada a não ser na noite a seguir, que seria nossa. E secretamente esperava que um milagre qualquer prolongasse aquela situação por um tempo ilimitado.

Foi assim o resto do Verão, até Outubro.

Então, as minhas aulas recomeçaram, Raquel anunciou que se ia casar, e a minha mãe teve de procurar outra empregada.

Depois da última noite, que eu não queria que acabasse, e em que nos amámos e falámos mais do que em todas as outras, nunca mais a vi.

Como ela me fez prometer-lhe, nunca a procurei e segui a minha vida – alegremente, insistira ela. O amor e o sexo deveriam ser motivo de alegria.

Claro que nesse momento isso me parecia impossível, eu estava apaixonado e desesperado.

Mas ela repetiu:

As coisas são como são, não se podem mudar. Não estragues os momentos bons. Acredita em mim.

A vida mostrar-me-ia como ela estava certa.

Anos mais tarde interroguei-me se aquele Verão com Raquel não teria sido arquitectado pela minha mãe. Mas sempre recusei a ideia. A minha mãe, antiquada e beata, nunca seria capaz dessa ousadia. Nem ela, nem qualquer outra pessoa da família.

Raquel foi um amor livre e gratuito, uma dádiva do acaso. Ela quis que assim fosse, e foi assim que o vivi com ela. Obedeci-lhe, embora sem compreender nem aceitar que teria de acabar tão cedo. Mas tinha de confiar nela, que sabia muito mais do que eu.

Por inúmeras razões, sempre lhe fiquei grato. Aquele Verão louco, de repente interrompido, foi para mim imensamente feliz. Espero que também para ela tenha sido.

Alice in Thunderland

Há seis meses fui a Nova Iorque celebrar o centenário do nascimento do rev. Dodgson, agora conhecido em todo o mundo como Lewis Carroll, e recebi o Doutoramento Honoris Causa em Literatura na Universidade de Columbia.

Não pude recusar esse convite. Foi uma cerimónia diferente, sem a carga de séculos que pesa em tudo o que se passa aqui. Um acontecimento simples, poder-se-ia dizer, mas nem por isso menos impressionante. Percebi que era ali, naquele país sem tradição e tão novo, mas cheio de força e gigantesco, que L. Carroll e de certo modo eu também recebíamos a consagração do mundo. Eu ficaria dentro daquele livro, que seguiria o seu caminho, pelos séculos adiante.

E no entanto contava uma história falsa.

A verdade é que a primeira vez que o rev. D. me fotografou, com as minhas irmãs, foi no ano em que o conheci, tinha eu quatro anos e ele vinte e quatro.

A minha mãe concordou que fôssemos fotografadas, tinha orgulho nas filhas, revia-se em nós como num espelho.

Na época as fotografias faziam parte do estatuto social, eram admiradas como troféus, emolduradas nas salas com cercaduras de borboletas ou flores. E também os álbuns de fotografias se tinham tornado um divertimento elegante e um requintado passatempo.

O rev. D. começara a fotografar em 1856, a fotografia era um hobby a que se entregava por prazer mas lhe merecia o maior rigor e seriedade, como aliás todas as actividades aque se dedicava.

Era matemático, professor no Christ's College de Oxford, de que o meu pai era director. Da janela da biblioteca, onde o rev. D. exercia a função de sub-bibliotecário, costumava ver-nos, brincando no jardim.

A minha mãe, na altura com trinta anos, respeitava o rev. D. e apreciava o seu sentido de humor e o seu espírito.

Sempre pensei que ele ia querer fotografá-la. Entrara no círculo dos nossos conhecidos, era quase um vizinho e vinha de vez em quando visitar-nos.

Mas ele nunca fotografou a minha mãe.

Muito mais do que as minhas irmãs, fui eu quem, aos seis anos, ele escolheu realmente para ser fotografada.

Foi assim que entrei em sua casa (ele fazia questão de que as crianças estivessem com ele à vontade e sozinhas).

Era um lugar que sempre me pareceu espantoso: a sala de estar estava forrada de prateleiras de livros. Por baixo havia uma fileira de armários que tinham dentro uma profusão de brinquedos, puzzles e todo o tipo de roupa extravagante com que eu me podia mascarar.

Descobri com surpresa que tudo ali passava facilmente a ser outra coisa, como se uma porta invisível se abrisse. Isso deixava-me excitada e curiosa, porque estava habituada auma vida tranquila e cheia de regras, onde nada de especial acontecia.

Logo na primeira vez que ali entrei o rev. D. mostrou-me uma fantástica colecção de brinquedos mecânicos, que tocavam música e dançavam. Eu olhava, fascinada. Ele dava-mos para a mão, deixava-me brincar com eles e mexer em tudo o que quisesse.

Depois abriu um armário e tirou uma grande caixa de doces embrulhados em papel brilhante. Comi um e depois outro e outro.

Ele serviu-me um copo de refresco e bebi-o de uma vez.

Tinha um sabor esquisito, mas era bom. Senti-me feliz, com vontade de rir e de dançar. Na verdade, nunca me tinha sentido tão feliz.

Ele riu, fez uma pirueta de palhaço e um truque de prestidigitação. Bati as palmas, aplaudindo, estava a ser uma tarde muito divertida.

Sentia vertigens ligeiras, como se a sala deslizasse e eu estivesse a cair dentro de um poço, mas também isso me divertia, nunca tinha experimentado nada assim:

Era uma queda suave, muito lenta, tinha tempo de olhar em volta, de ver as prateleira forradas de livros, o frasco de refresco e os doces. E quando chegava ao fundo não me magoava, como se o meu corpo fosse de algodão.

Nessa tarde ele disse que, mais do que fotografar-me, queria conversar comigo para me conhecer melhor e olhar-me, para ver os ângulos e a luz mais favoráveis.

Eu gostei de comer bombons, beber refresco, ouvir a música dos brinquedos mecânicos e rir com as histórias do rev. D., que me parecia conhecer desde sempre e se tornara já o meu melhor amigo.

Foi isso aliás o que ele disse quando veio acompanhar-me a casa:

– Somos bons amigos, os melhores amigos do mundo, não é verdade, Alice?

Nem consegui dizer nada, assenti com um movimento de cabeça, enquanto um profundo sentimento de calor e felicidade me invadia.

Estava orgulhosa por ter um amigo como o rev. D., um amigo adulto, muito mais inteligente e divertido do que as outras pessoas, que me tratava como se também eu fosse adulta e reinasse naquela casa extraordinária onde as coisas tocavam música e dançavam.

É verdade que tudo aquilo me parecia ao mesmo tempo estranho, mas também a estranheza me atraía:

Vamos lá a ver, pensava, curiosa de saber como iria ser o momento seguinte. Estar ali não era muito diferente de folhear um livro de aventuras, onde cada nova página me surpreendia mais do que a anterior.

O rev. D. gostava de gravuras e mostrava-me livros com imagens de seres fantásticos, duendes, fadas, gnomos, sereias, animais que pareciam plantas e plantas que pareciam animais e viviam no fundo do mar ou em florestas onde ascoisas não tinham nome.

Ora vamos lá a ver, pensava eu de novo, divertindo-me imensamente com as suas histórias e tirando da caixa outro bombom, embora soubesse que não devia ser tão gulosa.

Mas o rev. D. não dava atenção aos meus excessos, ali era permitido ir além dos limites do que podia fazer em casa e ninguém me repreenderia se exagerasse no refresco ou nos

bombons e pusesse os pés em cima do sofá.

O rev. D. ria e entrava em confidências, mostrava-me por exemplo como era fácil brincar com as palavras, atirá-las ao acaso ou juntá-las pelo som, e explicava que elas podiam significar não importava o quê.

Podia criar-se uma relação especial com as palavras, contou-me, às vezes elas pregavam-nos partidas, apareciam escritas ao contrário. Outras vezes perdiam-se, como se perdem por exemplo as luvas (ele usava quase sempre luvas, mas nunca sabia onde as deixava e andava constantemente à procura delas).

Reparei que algumas palavras lhe causavam problemas, tremiam-lhe na garganta. Eu sabia que o rev. D. era gago. Em mais de uma ocasião, quando ele falava na igreja, fiquei suspensa quando ele fazia uma ligeira pausa: previa que a seguir vinha uma palavra difícil e que ele iria escorregar e tropeçar nela, como se se estatelasse numa pista de gelo.

Também lhe costumava doer a cabeça e usava canábis para adormecer as dores, pobre rev. D.

Eu olhava-o com interesse, deitada no sofá, e tinha a sensação de encolher e flutuar.

E se eu encolhesse tanto que desaparecesse como uma vela?

No entanto não tinha medo. Estar ali era maravilhoso.

Aconteça o que acontecer, quero estar aqui.

Ele tirou da mesa ao lado um copo que parecia mágico, porque também ele podia aumentar ou encolher.

Era de metal e não de vidro, feito de anéis concêntricos que aumentavam progressivamente de tamanho e encaixavam na perfeição uns nos outros. Quando se esticavam formavam um copo e quando se pressionavam com a mão o copo achatava-se e passava a caber dentro de uma caixa, de que se podia fechar a tampa.

O rev. D. deu-mo para a mão e eu fi-lo crescer de novo.

Ele encheu-o de refresco e chegou-mo à boca.

Bebi-o de um trago e a sala começou a flutuar mais depressa.

Um copo que aumentava ou diminuía de tamanho.

Também eu poderia encolher ou aumentar assim?

Haveria um livro de receitas para encolher ou aumentar pessoas?

Agora o rev. D. não respondia, tinha-se escondido atrás do tripé da câmara, com a cabeça dentro de um pano preto, e ia e vinha nervosamente, levantando-me a bainha do vestido, que nunca lhe parecia da altura exacta.

Levantava-a uns centímetros e corria para detrás da câmara, espreitava um segundo e tornava a vir junto de mim em passos nervosos, como um animal inquieto, ria à minha volta fazendo trocadilhos de palavras e levantando mais um palmo da bainha, até que arrancou todo o vestido e me voltou as costas, correndo depressa para trás da câmara, com o vestido na mão.

Senti-me tonta e recostei-me melhor nas almofadas.

A sala girava à minha volta e eu tinha outra vez a sensação de cair.

– Não te mmmexas, gaguejou ele de dentro do pano preto, e então uma lâmpada explodiu na câmara e ele repetiu, ofegante:

– Não ttte mmmexas,

e outra lâmpada explodiu, e quase ao mesmo tempo começou a trovejar e eu assustei-me com o estrondo dos trovões, com os relâmpagos que pareciam entrar pelas janelas e rebentar sobre mim com muito mais estrépito do que as lâmpadas, nesse instante o rev. D. saiu de trás da câmara, meio despido e com ar de louco, como transformado noutra criatura, e eu comecei a gritar e a cair outra vez num poço, havia fumo na sala, talvez das lâmpadas, e eu caía num poço sem fundo, e nunca acabava de cair.

– Quero ir para casa! solucei. Quero ir para casa!

Mas continuava a cair num poço, agora mais depressa, e tudo se tornava terrivelmente grande e estranho à minha volta.

Se me puser de pé, pensei com esforço, tentando manter a calma, tudo voltará ao seu lugar e eu tornarei a ser Alice.

Se me puser de pé, com os meus dois pés bem assentes no chão, e vestir o meu vestido, poderei ir para casa porque sei andar e conheço o caminho.

Mas chovia torrencialmente sobre o telhado, a casa e o jardim, os relâmpagos riscavam as janelas, o rev. D. continuava atrás da câmara e gaguejou ofegante que eu não podia ir, justamente agora, tinha de esperar só um momento mais,

sssó-um-mmmomento-mmmais-

E eu tremia de frio e não encontrava o vestido, como poderia ir para casa sem vestido e à chuva, mesmo sendo Alice?

Então chorei um lago de lágrimas e não me fui embora.

Mas estava a perder a casa, o caminho de casa, senti confusamente. As coisas seguras e familiares pareciam-me agora muito longe, e lembrei-me com angústia como a gata Diná era macia.

Porque a casa, pensei ainda com dificuldade, as lições, os vestidos e laços no cabelo, a gata Diná, tudo isso era antes.

Era ontem, e ontem era um lugar remoto.

Era antes – antes de eu ter chegado ali e passado para o outro lado. Proibido?

Mas naquele lugar não havia proibido nem errado, não havia permitido nem certo. Tudo era teatro, prestidigitação, puzzles, artes mágicas, jogos de palavras. Histórias sem fim nem princípio.

Sentia-me confusa e não sabia realmente o que acontecera. Neste lugar nada faz sentido, pensei. E esse pensamento era aterrador.

(Se não fosses louca não estavas aqui. Mas agora que entraste fazes parte desta história. Aqui somos todos loucos. Ficarás fechada aqui dentro, para sempre.)

Entrei em pânico e gritei:

— Não quero!

enquanto a trovoada se ouvia de novo e a chuva rebentava, cada vez com mais força.

— Não quero ficar aqui!

Mas entretanto o rev. D. voltara de trás do tripé, tranquilamente.

Devolveu-me o vestido parecendo outra vez ele próprio e sentou-se diante de mim, fazendo festas ao seu gato de Cheshire.

— Vou levar-te a casa, disse finalmente sorrindo, quando passou a trovoada e amainou a chuva.

— Amanhã vou a Londres, durante uma semana, acrescentou. Depois passarei a buscar-te.

E eu pensei, aterrada:

não vou contar nada disto que me aconteceu.

Não contei a ninguém e continuei a ir a casa do rev. D.

Mas agora eu já não era eu. Era outra pessoa, que não conseguia encaixar como antes as emoções e os pensamentos.

Uma pessoa estranha, ainda chamada Alice, mas outra.

Do outro lado de um vidro.

O vidro não era um espelho. Era uma lente, atrás da qual o rev. D. me olhava. Desse outro lado da lente havia um mundo ao contrário.

Tudo tem uma moral, se se puder encontrá-la. Mas aqui não se pode encontrar moral nenhuma, porque nada faz sentido. Podíamos tirar a roupa e ficar nus. Mas o que significava isso?

Eu flutuava agora no vazio, num silêncio que duraria anos (Quem era eu? Quem éramos nós? Haveria «nós»? Ou era apenas eu e o Desconhecido?). O rev. D. ia enchendo o silêncio de palavras, expressas ou subentendidas, que ficavam dentro de mim, batendo fundo:

– Repara bem, Alice:

Foste tu própria que quiseste vir.

Estavas no jardim com a tua irmã e viste um coelho passar, e em vez de ficares quieta foste atrás dele e caíste num poço e foste ter a um lugar diferente, e depois disso aconteceram coisas.

A verdade é que podias ter ficado no teu jardim e não ficaste. A curiosidade foi mais forte.

Porque em tua casa nada acontecia e tu querias que acontecesse.

Aborrecias-te de morte na tua vida demasiado tranquila.

Eras demasiado inteligente, uma criança precoce e fascinante.

Sabias isso e querias descobrir novas coisas.

Estavas disposta a arriscar, para experimentar algo de novo.

E aconteceu o que tu querias. Experimentaste.

E agora estás noutro mundo, do lado de lá de um vidro, da lente através da qual eu te olho.

Uma lente é um vidro de espreitar e é assim que eu te olho, literalmente assim:

Through a looking glass.

Estás à mercê do meu olhar como um insecto, um objeto de admiração, de estudo, de análise, algo que só encontra existência e nome através do meu olhar.

Mas também eu sou teu prisioneiro, Alice, só existo através de ti.

Estamos no sonho um do outro. Para sempre.

Este é outro mundo, Alice. O mundo da câmara escura para onde te levo, mês após mês, e te deixo ver a tua imagem surgir lentamente, enquanto agito com cuidado o negativo dentro de um banho ácido.

É uma espécie de magia que te deixo olhar, uma magia negra, porque a câmara é escura. Secreta.

A câmara onde tudo se revela e a entrada é interdita, excepto para nós.

Por isso a porta se fecha à chave por dentro.

Levo-te comigo e revelo-te coisas que nunca tinhas visto, nem mesmo suspeitavas que existiam.

É aqui que encontras a outra Alice. De olhar vago, vestida de mendiga.

Com a mão estendida, a tua mão em concha onde pode caber qualquer coisa sem nome, um beijo, uma outra mão, um nariz, uma orelha, uma qualquer parte do corpo que pode encolher ou aumentar. Como tu própria.

És muito pequena e muito grande e não consegues encaixar-te em ti mesma porque és criança e subitamente adulta, andas a procurar-te, mas perdeste o norte e não há caminho de regresso a casa.

Mas não precisas de voltar para casa, Alice. Aqui és rainha e reinas. E só acontece o que quiseres que aconteça.

E não te esqueças:

Foste tu que quiseste, desde o início.

Repara na tua mão estendida, na tua mão de pedinte. Estavas a pedir, Alice.

Pedias o que aconteceu.

E depois ele sorria:

– Oh, não, são tudo sonhos, histórias, fantasias, Alice. Só isso. Não aconteceu nada, as crianças têm demasiada imaginação:

Estavas no jardim da tua casa e adormeceste, e quando acordaste tudo era igual a antes, e tu eras a mesma pessoa, exactamente a mesma. A outra Alice nunca existiu, a não serem sonhos.

Fica ainda um instante assim meio adormecida, com a cabeça no colo da tua irmã, e depois podes levantar-te e ir para casa e continuar a tua vida, dia após dia, com os mesmos laços no cabelo e os mesmos vestidos de folhos, e as lições e os livros e a gata Diná.
Tudo está igual a sempre. Nada te aconteceu, Alice.
Nada aconteceu.
E eu não sabia o que pensar, como se uma parte do meu corpo tivesse crescido desmesuradamente e não pudesse fazer parte de mim, como se agora eu já não coubesse na casa que fora a minha, batesse com a cabeça no tecto e o meu braço gigantesco saísse para fora da janela.
E assim andei alguns anos, perdida entre dois mundos, até que na família me acharam estranha, como se tivesse sido contagiada pela excentricidade ou loucura do rev. D.
Cada vez que havia uma trovoada, entrava em pânico e corria a fechar-me dentro de um armário.
E, quando se assustaram e me fizeram perguntas, tentei explicar por que razão precisava de toda aquela roupa à minha volta para me sentir mais segura – não sei exactamente o que contei, mas sobreveio um grande desentendimento entre a minha família e o rev. D.
Isto depois de a minha mãe ter uma espécie de desmaio e ser levada em braços para a cama e de o meu pai se ver forçado a sair da antiga Roma e do seu Léxico Greco-Inglês para se sentar junto da minha mãe, preocupado.
Fui proibida de tornar a ir a casa do rev. D., que também passou a não poder entrar em nossa casa.
Fui proibida, além disso, de falar sobre ele com outras pessoas ou mesmo de mencionar o seu nome.

Embora ela nunca o dissesse de forma explícita, a minha mãe achava que, se eu falasse do rev. D., ninguém ia querer casar comigo quando chegasse a altura.

Rasgou todas as cartas que ele me tinha escrito e pôs a correr, contada em tom de escândalo, a história de que ele se tinha apaixonado por Miss Prickett, a nossa preceptora, e por isso a família o mantinha agora à distância.

Essa foi a versão que circulou, mas eu sabia que era uma história mal contada. Por que razão seria escandaloso se ele se tivesse apaixonado por Miss Prickett?

Não era Miss Prickett que estava nos sonhos dele. Era eu.

Mas eram sonhos, Alice, apenas sonhos, nada na realidade se passara, diziam todos, sem palavras, à minha volta, como se, tal como eu, estivessem proibidos de falar no assunto.

O rev. D. foi catalogado e arrumado, de uma vez por todas:

O reverendo Dodgson é um homem da Igreja, um matemático insigne, um professor universitário, respeitado e conceituado, não só em Oxford como em toda a Inglaterra.

E é, sobretudo, reverendo.

Aparentemente, a vida tornou a ser o que era:

A minha mãe voltou ao seu dia-a-dia, o meu pai regressou ao seu trabalho enciclopédico e tornou a viver na Antiguidade Clássica, de onde só voltava em ocasiões especiais, como o serviço na igreja ou as festas e refeições em família.

As relações com o senhor D., interrompidas bruscamente, foram restabelecidas seis meses mais tarde, embora de um modo muito mais distante e formal.

Tudo voltara portanto a parecer-se com a normalidade, embora eu estivesse sozinha no mundo, cercada por um silêncio que me ensurdecia, e me fosse imposta a negação de tudo:

Nada acontecera, eu era a mesma Alice, só havia um lado das coisas, e não dois.

O tempo resolveria os meus medos, o pânico das trovoadas, os pesadelos de crescer e encolher e mudar de tamanho e não saber quem era.

Mas entretanto, à vista de todos, passou despercebido algo espantoso:

Eu tinha transformado o rev. D. no famoso escritor Lewis Carroll.

Correu inclusive a versão de que eu lhe pedira que nos contasse uma história, a mim, a Edith e Lorina, naquela tarde de Julho de 1862, quando vínhamos de barco, no regresso de um piquenique.

Mas não é verdade, embora eu tivesse tantas vezes, ao longo dos anos, de repetir que sim.

De facto foi ele que, por sua iniciativa, começou a contar no barco aquela história louca, a mim, a Lorina e Edith, e à medida que avançávamos no rio eu sentia que tudo se tornava cada vez mais sombrio e absurdo, no que ele contava e sobretudo no que não contava.

E quando terminou e Edith e Lorina aplaudiram, ele perguntou:

– Gostarias que a escrevesse para ti, Alice?

Eu estava tão perturbada que não encontrava palavras, até que o meu silêncio se tornou imensamente constrangedor e fugi da situação de forma desajeitada, gaguejando a frase polida que as crianças bem-educadas eram ensinadas a responder aos adultos:

– Ssim, ggostaria muito.

Enquanto um turbilhão de emoções me assaltava e durante meses a fio não me deixou dormir: medo, vergonha, culpa, raiva dele e de mim.

Foi a partir daí que o meu pavor das trovoadas recrudesceu, até que, no Verão seguinte, a minha mãe deu conta, finalmente, de que algo de anormal se passava e, como referi, houve um terramoto emocional em casa e o rev. D. foi excluído das nossas relações, para só a contragosto ser readmitido meio ano mais tarde, porque era preciso manter as aparências.

Em novembro de 1864, quando eu já pensava com alívio que o rev. D. nunca iria escrever coisa nenhuma, ele veio trazer-me um manuscrito: Alice's Adventures Under Ground.

O chão tremeu debaixo dos meus pés, quando recebi, aos doze anos, aquele presente envenenado.

Ali estava, então, o que eu mais temia: o mundo subterrâneo e os seus segredos materializados em folhas de papel.

E no ano seguinte aconteceu pior: ele publicou-o em livro, com o título de Alice's Adventures in Wonderland.

A carreira do livro e de Carroll são conhecidas. Mas Alice in Wonderland foi o único sucesso estrondoso do autor.

A partir daí os livros foram declinando – à medida que eu saía dos seus sonhos porque me ia tornando adulta.

Through the looking glass and what Alice found there, publicado quando eu tinha dezanove anos, é um adeus a Wonderland, a despedida nostálgica de uma Alice varrida pelo tempo. (Ou pela morte. Talvez eu tivesse morrido.)

O passeio de barco reaparece, o momento fulgurante em que ele se tornou escritor, contando aquela história. De facto fui o elemento catalisador da sua nova existência, transformei-o no que ele certamente desejava ser, mas nunca teria sido se não me tivesse conhecido. Se não me tivesse usado e apropriado de mim.

Alice é celebrada – Still she haunts me, phantomwise, / Alice moving under skies / Never seen by waking eyes, mas essa Alice, nomeada com o seu nome por inteiro num poema acróstico, Alice Pleasance Liddell, é o fantasma de uma época perdida. Pleasance surge ainda como referência enviesada a mim no prefácio onde tudo fala de Alice, «and though the shadow of a sigh / May tremble through the story (...) / It shall not touch with breath of bale / The pleasance of our fairy-tale».

Mas o nosso conto de fadas só existiu na perspectiva dele, e para ele obviamente só os seus próprios sentimentos interessavam. Pouco lhe importava que para mim sobrasse o breath of bale que durante anos me atingiu.

Mas agora eu já não aceitava jogos de palavras nem truques de prestidigitação. As palavras não significavam o que ele quisesse, ou o que alguém quisesse, mas o que estava no dicionário: e bale, senhor Dodgson, significava dor, mal, perigo, tristeza, dano, desastre. Foi isso o que lhe escrevi na altura, numa carta que nunca enviei e destruí.

Os seus últimos livros, os dois volumes de Sylvie and Bruno, tiveram um sucesso medíocre. Tinham perdido a força, desaparecera deles o turvo encanto de Alice.

E também a sua carreira de fotógrafo, envolta num escândalo de crianças nuas e outras coisas mais que nunca vieram inteiramente à luz porque ele destruiu as fotografias e os negativos que guardara, terminou de um dia para o outro, em 1880, o ano do meu casamento. Foi o fim das suas aventuras com sucessivas Alices que ele ia atraindo e fotografando nuas, enquanto eu crescia e ele me perdia, definitivamente.

A sua morte, aos sessenta e seis anos – eu tinha então quarenta e seis – deixou-me insensível, como se ele nunca tivesse tido nada a ver comigo.

Embora então se verificasse que faltavam nos seus diários os volumes referentes à época entre os meus seis e dez anos, e que as páginas de 27 a 29 de Julho de 1863, quando rompemos relações com ele, tinham sido arrancadas do livro, o que deu lugar a muitas dúvidas e interpretações logo abafadas.

E em nenhum momento a minha família ou eu quebrámos o silêncio sobre o assunto.

Em relação a Alice's Adventures in Wonderland, as pessoas aceitavam com ligeireza a premissa falsa: Alice permanece intocada, a perversidade daquele estranho mundo não existe, ou não a atinge.

Não davam conta de que a raiz da força e sedução do livro é que tudo nele aponta, subterraneamente, para algo que não é contado. A luz que o ilumina é sombria, não é um sonho mas um pesadelo.

Mas ninguém queria ou ousava reparar nisso. As pessoas citavam páginas inteiras, sabiam-no de cor, a história passava-se num mundo fascinante.

Aos treze anos, de repente eu era célebre, uma personagem.

Quem não gostaria de estar no meu lugar? Quem não daria tudo para ter Alice como filha?

Era uma sorte ter sido fotografada por um grande fotógrafo de Inglaterra, que agora se transformara no escritor infantil mais festejado do Império.

E se eu gritasse que tinham sido outras as minhas aventuras no mundo subterrâneo e que o rev. D. não era o que parecia, ninguém me levaria a sério porque todos eles eram adultos, e são os adultos que decidem o que é real e o que não é, e as palavras significam o que eles quiserem que signifiquem.

As crianças inventam e sonham. Ou deliram.

Ou mentem, mesmo quando não têm a menor intenção de mentir, porque o seu pequeno cérebro ainda não se desenvolveu o suficiente e parece aumentar ou diminuir de tamanho, conforme as circunstâncias.

Eu vivera aventuras fantásticas mas inofensivas, de que saía sempre vencedora. Era isso que as pessoas queriam ler.

Também não entendiam aquele rei inútil que não mandava, nem a rainha velha, pomposa e gorda, que ditava a sentença antes do veredicto e a toda a hora dava ordens absurdas.

Não queriam entender que eram seus súbditos e que ela estava realmente sentada no trono de Inglaterra. Preferiam ler a história como fantásticos enredos e espirituosos jogos de palavras.

Ou talvez pressentissem que, se pusessem o livro em causa e o questionassem, o mundo em que viviam, em que todos vivíamos, desabava.

E, por isso, se alguém levantava dúvidas e começava a fazer perguntas havia logo outra pessoa que nesse instante atalhava:

– Tenho uma ideia esplêndida: vamos mudar de assunto.

E assim o jogo continuava, só eu o desmascarava e gritava no livro que todos eles eram cartas de jogar.

Porque dentro do livro eu tinha voz. Mas não na vida.

Na vida eu não falava, nunca poderia falar.

Entretanto o rei e a rainha seriam eternos como as cartas do baralho, e também o croquet seria imortal. E o cricket.

A Inglaterra desmoronar-se-ia se as pessoas deixassem de jogar cricket.

Mais tarde verifiquei sem surpresa que o cricket podia de facto ser levado de tal maneira a sério que se tornava uma razão de existir e entrava para sempre, como um brasão ou um título, em determinadas famílias, onde de geração em geração ecoariam wickets, overs, innings, runs, scores, bats e bowls.

Casei aos vinte e oito anos com Reginald Hargreaves, um jogador de cricket que teve uma carreira brilhante, de que são conhecidas a pontuação e as vitórias.

Também a minha irmã Edith, que morreu aos 22 anos, ia casar com um jogador de cricket. E os meus três filhos, inevitavelmente educados em Eton, foram, como o pai, e como era socialmente esperado e suposto, jogadores de cricket.

Quando casei com Reginald, numa brilhante cerimónia na Abadia de Westminster, julguei que a minha vida tinha mudado em definitivo e o seu lado sombrio ficara para trás.

Não posso negar que ao longo dos anos muitas vezes me senti feliz, ouvindo rir os meus filhos que corriam na relva e brincavam ao sol.

Eu, Alice, era agora uma mãe sentada num jardim, para onde tinha levado na mão um livro qualquer que me esquecia de ler porque estava demasiado ocupada a ser feliz.

Vivia finalmente a vida com que sempre sonhara, desde a infância.

Mas nunca nada se passa como nos sonhos, e as histórias de amor têm um lado de espinhos. Em que espetamos os dedos e eles sangram, mas não mostramos dor, desespero ou lágrimas, porque fomos treinadas para o autodomínio e nunca devemos perder a serenidade e a compostura.

Permanecemos portanto sentadas no jardim, impecavelmente penteadas e vestidas, e sorrimos ao homem amado que vem tomar chá connosco à hora exacta. E nos é infiel e nós sabemos, e as palavras não ditas queimam-nos a boca:

— Vem sempre tão tarde, amor, veio tão tarde ontem à noite, ouvi-o entrar no seu quarto, não pude dormir antes de o ouvir chegar e fechar suavemente a porta do seu quarto, sei que não vinha do clube nem tinha estado a jogar cartas com amigos.

Mas pego na chávena, bebo um gole de chá e olho o homem sentado em frente, a quem não digo o que queria dizer porque tenho medo do que poderia ouvir, embora saiba que ele é um cavalheiro e jamais me diria palavras brutas, sou eu que as digo a mim própria:

— Querida Alice, respondo então mentalmente em seu lugar, enquanto ele põe manteiga e doce num scone, não se vitimize, sabe perfeitamente que os homens são assim, sobretudo os ricos e de boas famílias, os triunfadores que ganham campeonatos desportivos e as mulheres admiram, além disso, Alice, você já nem sequer é jovem, não se esqueça de que já tinha vinte e oito anos quando casei consigo, fui o seu salvador, minha querida, não finja que não sabe, se não fosse eu você ia envelhecer sozinha como uma flor no papel da parede, não pode negar que mostrei coragem ao casar consigo, calei as vozes do mundo que sempre murmuraram contra si, ora, você sabe muito bem ao que me refiro, afinal de contas houve um escândalo com o rev. D. quando se descobriu que ele fotografava crianças nuas e o mais que se comentou na altura, claro que a sua família fez tudo para impor ao mundo uma versão diferente, fomentou ou inventou inclusive um flirt entre você e o príncipe Leopoldo, quando ele estudou em Oxford, e em relação ao rev. Dodgson todas as regras sociais foram mantidas para que a aparência da normalidade triunfasse, ele enviou-lhe inclusive, como era esperado e suposto, um presente de casamento e felicitações, foi sempre um amigo da casa, um bom amigo, com a bênção da sua família e da Igreja, mas sabe como são as bocas do mundo, e portanto sinta gratidão por mim, Alice, afinal você tem tudo o que correu um risco tão grande de nunca conseguir, um marido, um lugar na sociedade, uma bela mansão numa propriedade invejável, crianças maravilhosas que a enchem de alegria, e por isso não me culpe, amor, claro que reivindico a minha liberdade, os homens são assim mesmo e você sabe disso.

E agora ele terminou de comer o scone há alguns minutos e está prestes a ir-se embora, o tempo do chá passou tão depressa, numa conversa amável,

(Do you care for another cup of tea? If you don't care for tea you could make polite conversation.)

Ele beija-me na face, diz:

– Até logo, amor, e afasta-se na relva, no seu passo elástico de desportista, e eu fico sozinha como sempre estive na vida, e é então que pego de novo num livro que não leio e penso que também eu fui a personagem de um livro, do livro infantil mais famoso de Inglaterra, embora isso nunca me tenha feito feliz.

Mas porque Reginald se afasta sobre a relva e me deixa só, e os pensamentos que lhe atribuo me agridem infinitamente, penso no homem que me inventou e colocou no sonho dele, deixo que ele se torne, por um momento, ali sentada no jardim, o homem do meu sonho, e de repente esse é um segredo que partilhamos, as aventuras furtivas naquela casa estranha para onde ele me atraía.

Agora as memórias têm um sabor intensamente proibido, como um fruto que meto na boca e devoro, sentindo o sumo sufocar-me e escorrer-me pela cara.

Um segredo que guardarei, ciosamente, esse lugar subterrâneo onde vou encontrar-me com um homem que me deseja e treme de amor por mim. Um homem que sabe de palavras e de livros e me leva para um lugar onde nada faz sentido.

Mas agora, neste instante, não é ele que me leva, vou pelo meu pé, de livre vontade e ardendo de desejo por tudo o que vai acontecer:

Estamos no sonho um do outro, numa câmara escura de que só nós temos a chave e conhecemos as imagens. É um segredo nosso, fizemos um pacto de silêncio.

O que ali se passa nunca ninguém saberá. Essas imagens nunca serão reveladas.

E agora não me importam as fugas de Reginald nem as suas aventuras. Sorrio quando o vejo a jogar cricket, como se bater numa bola tivesse alguma importância nos destinos do mundo.

– Você é apenas um jogador de cricket, poderia dizer-lhe, se quisesse. E eu sou Alice, a personagem de um livro.

Sim, ele amou-me, Carroll tinha de amar-me para me inventar assim. E é verdade que eu o amei, porque continuei a ir ter com ele. Apesar de tudo.

E agora que estou outra vez grávida, Reginald, e você me abandona tanto apesar disso, como se a terceira gravidez fosse uma espécie de acidente, decido que se for um filho homem lhe darei o nome dele, ou o eco do nome dele: Caryl.

E você nem irá reparar, Reginald, estará como sempre distraído a bater bolas e a atrair a atenção de outras mulheres, e se por acaso notar é claro que jurarei que o nome não tem nada a ver, e direi rindo:

– Que ideia tão absurda!

Afinal não foi isso o que sempre fiz? Menti, fingi, calei, rasurei, escondi.

— Carroll não significou nada, acrescentarei, não existiu, e nem sequer é um nome, é um pseudo-nome, também ele inventado, tudo foi inventado.

Inclusive eu.

Mas um dia a guerra veio mudar o mundo. Para uma guerra não existe abrigo, nem sequer em sonhos. As bombas rebentam sobre a nossa vida e estilhaçam-nos.

Eu morri na guerra com os meus dois filhos. Morri por duas vezes, debaixo das bombas e do fogo. Nenhuma explosão se assemelha a essa. Não há dor maior do que perder um filho.

A Alice que ficou era diferente. Esquecia-se de que existia, esquecia-se do jardim e da relva, ficava a olhar a chuva, como se nunca fosse acabar de chover atrás dos vidros da janela.

Eu tinha envelhecido, Reginald também. Agora ele não tinha o mesmo entusiasmo pelo cricket, a sua carreira terminara cedo e era apenas vice-presidente do clube de campo de Hampshire County. Sentava-se mais vezes a meu lado, tomando chá e olhando como eu através da janela.

Eu sentia-me reconciliada com Reginald. Tínhamos passado por tanta coisa juntos. Éramos uma família. E tínhamos ainda um filho.

A morte do meu marido foi um golpe muito duro, anos depois.

Mas não foi para fazer face a despesas para manter Cuffnells, como afirmei na altura, que decidi vender o manuscrito de Carroll: queria libertar-me daquele livro que me tinha perseguido a vida toda.

O original de Alice's Adventures Under Ground foi posto em leilão pela Sotheby's, que o avaliou em 4000 libras. Vendeu-se por 15 400 e foi levado para a América.

A quantia elevada deu-me prazer. Saboreei secretamente uma vingança, como se o leilão fosse um tribunal e o senhor D. tivesse sido obrigado, mesmo depois de morto, a pagarme uma soma avultada pelos danos praticados contra mim. Que não tinham prescrito, ao fim de tantos anos.

Mas o livro, apesar de o seu original atravessar o Atlântico e ter agora outro dono, continuou a seguir-me, ou perseguir-me, como a minha sombra:

Por uma absurda ironia da vida, o meu filho Caryl tornara-se o seu mais fervoroso adepto, coleccionando todo o tipo de «carrolliana» e revelou-se extremamente hábil na sua exploração comercial, passando também ele a viver em volta da história de Alice.

Até que há seis meses, no seguimento de um convite, fui à Universidade de Columbia, no centenário do nascimento de Carroll.

Quando tudo terminou e me olhei no espelho, já sem traje académico, discursos, público ou aplausos, vi que não podia deixar-me ficar no livro como Carroll me tinha retratado.

Eu vivera, sofrera, envelhecera e ali estava agora, no final da vida, tal como era. Aos oitenta anos, a verdadeira Alice: livre, construída por si própria, independente do olhar de quem quer que fosse, deste lado do espelho.

Tenho pensado muito nisso desde que regressei a Inglaterra.

Não posso resignar-me a ficar retratada por Carroll debaixo da terra, para onde a morte me levará em breve, enquanto a pequena Alice, de que estou tão farta e tão cansada, continua a viver à superfície, aprisionada num livro louco e numa história falsa.

Não quero duas Alices, uma em cima da terra e outra embaixo, como se entre ambas houvesse ainda um espelho, um vidro ou uma lente a separar dois mundos.

Para nos libertar a ambas, a do livro e eu, terei de revelar a verdade e contá-la. Decidi portanto escrever a minha versão da história.

Deixarei o manuscrito selado, com a indicação de ser aberto cinquenta anos depois da minha morte. Porque, talvez erradamente, talvez por cobardia, quero ainda proteger os que amo:

O meu filho Caryl, que continua a fazer tantas perguntas sobre a minha infância e a quem sempre repeti a versão censurada que me foi imposta, e a minha neta Mary Jean Alice, que nasceu no ano passado e é a maior alegria dos meus dias.

Mas daqui a cinquenta anos Caryl já não viverá e Mary Jean Alice estará para além do meio da sua vida.

Então tudo será revelado, e as minhas cinzas encontrarão paz, junto de Reginald, no cemitério de Lyndhurst, debaixo de uma lápide com o nome de Mrs. Reginald Hargreaves.

Aqui sentada à sombra das árvores, tomei essa decisão: ultrapassar o livro que ocupou o meu lugar e o meu espaço, e esteve sempre lá, em vez de mim.

Voltarei portanto atrás e terei voz, sem medo de ser comentada no tribunal do tempo. Vou repor a verdade e contar eu mesma a história, tal como agora a contei, em pensamento.

Só peço a Deus que ainda me dê vida e saúde para deixá-la escrita.

Impresso em julho de 2020

Que este livro dure até antes do fim do mundo